金は払う、冒険は愉快だ

川井俊夫

素粒社

金は払う、冒険は愉快だ　目次

金は払う、冒険は愉快だ

朝の七時三十分に携帯電話が鳴る。番号は登録してあるやつだったから、画面には数字ではなく俺が自分で入力した名前が出る。相手は「茶道具がたくさん、早口でうるさいジジイ」だ。登録してあるということは、当然過去にこのジジイから連絡があり、依頼を受けて仕事をしたことがあるということだ。記憶を辿《たど》る必要はない。すぐに思い出した。最初の依頼は六月だ。クソ暑い中、とんでもない量の茶道具を買取るハメになった。

そのときの前置きはこんな感じだ。死んだ父親は金のかかる遊びや賭け事などもせず、真面目な人間だった。同郷だった某《なにがし》が自らの窯を構え、作陶を始めた頃、同級生のよしみで某の作品を買い始めた。父親が仕事で出世して年収三千万近くになった頃には、完全に某のパトロンになっていた。幸い某は父親の支援もあって、定期的に百貨店で個展も開き、作陶だけで食える一人前の陶芸家になった。ジジイ曰《いわ》く、その某の作品、茶碗《ちゃわん》やなんかの茶道具が、押入れの中に何十個もある。とりあえず見に来てくれないか？　今どきこんなものが高く売れるとは思っていない。従兄弟《いとこ》に勧められてネットなんかでも調べたんだ。一つ数千円がいいところだと思う。アンタに見に来てほしい。

よく喋《しゃべ》るジジイだと思ったが、頭がイカれてるわけでも、ボケてるわけでもなさそうだった。作家の年齢や出生地と父親の関係にも不自然なところはない。こっちが説明しなくても今どきその程度の作家の道具がたいして金にならないことも承知してる。話した感じは少しへんなジジイだが、印象は悪くはない。茶道具の十個や二十個なんてラクな仕事だ。もっとクソみたいなガラクタを車に山積みして一万円も儲からない仕事はいくらでもある。マイナー作家の茶道具なんてたいして儲かりはしないが、損するわけでもないし、一時間もあれば済む簡単な仕事だ。

そんなわけで去年の六月に「早口でうるさいジジイ」の最初の仕事を受けた。指定された家に行ってみると、明らかな空き家に見えた。ガレージはガラクタが山積みだし、敷地内は雑木林みたいだった。二階建てのそこそこ立派な家には蔦《つた》や枯れ草がびっしり張り付いている。死んだ両親の家を長いこと放っておいたのかも知れない。問題の依頼者はやたら元気よく「ありがとう！　わしは電話で話しただけでも人の良し悪しがわかんねん！　あんたはいい人だよ。真面目で誠実な人に違いない。間違いない！　自信がある！」そんなふうに叫びながら登場した。イカれてるし、とても金持ちの両親の下に生まれた坊ちゃんには見えない。服装は一言で言えば尼崎《あまがさき》の競艇場で舟券を買ってるジジイだ。禿《は》げ散らかした頭にクリクリと大きな丸い目だけが若々しい。ほんまにこれお前の家なんか？　新手の詐欺では？　一瞬そんな気がしたが、七十手前くらいの年頃で、死んだ自分の父親のことを「父さん」母親のことを「母さん」と呼ぶ感性、習慣は確かに少し上品な感じがする。こいつはきっと長いことアホな放蕩《ほうとう》息子だったんだと、俺はそう考えることにした。

玄関から足を一歩踏み入れた瞬間、完全にヤバい感じがした。小動物の糞尿《ふんにょう》の臭い、ネズミの糞《くそ》、無造作に放ってあるゴミ袋やペットボトルの山。ゴミ屋敷まではいかないが、まあまあゴミ屋敷的だ。まさか、空き家だとばかり思っていたが、住んでるのか？　こんな不潔な空間で生活を？　土足で上がったらダメか？　ジジイが言うには両親の介護のために、数年前に東京から戻ってきた。彼の東京での職業は訊《き》かなかった。どうでもいいし、話が余計に長くなる。とにかくジジイはこの家で両親の介護をして看取った。こんなゴミ屋敷みたいなところで、尼崎の競艇場で舟券を買ってそうなジジイがまめまめしく両親の介護をしていたとは到底思えないが、ジジイが詐欺師じゃないなら事実なんだろう。あるいは両親を看取ったあと、家は荒れ始めたのかも知れない。ジジイ自身もいろいろ億劫《おっくう》になる年齢だ。

とにかく問題の品のところへ案内してもらった。デカい家だから部屋がたくさんある。ジジイは「今日はここだけや。すごい数なんで、とても自分一人では処分でけへんし、できれば信用できるアンタに買取ってほしい」俺はまだなにもしていない。なのに信用できるという。やはり少しイカれてる。まあ相手の年齢を考えればこの程度の狂気は許容範囲だ。六畳間に置いてある木箱に入った茶道具は、確かに二十個かそこらだった。だが押入れの中を覗《のぞ》くと、明らかにまだ山ほど入ってる。パンパンに詰まってる。当然どの箱もネズミの糞とゴキブリの卵だらけだ。勘弁してくれ。

「全然十個二十個じゃねえだろ。百個以上ある。全部見るのは時間かかんぞ。箱が合ってるか、中身に傷や割れ欠けがないか、全部見なけりゃ値段はつけられん」

俺はそう言って作業を始めた。じめじめとクソ暑かった。箱の紐《ひも》を解いて蓋を開け、中身を調べ、また蓋を閉じて紐を結ぶ。ジジイは十分もしないうちに見張っているのに飽きて「なにしろ信用してますから！　アンタなら間違いない！」そう小さく叫んで自室らしい二階の一室に引っ込んでいった。俺は作業を続けた。一時間、二時間、三時間……ずっと箱を開けたり閉じたりしていた。同じ作家でも手や作陶の難易度、大物小物、出来不出来によって、数千円にしかならんやつから数万円で売れるやつまでいろいろある。箱は全部で一八〇個あった。半分キレ気味にジジイを呼び戻す。

「オイ！　説明するから降りてきてくれ！」

ジジイに簡単な説明をして、結局全部で四十五万で取った。たぶん頑張れば全部で百万くらいにはなると思うが、売る手間と時間を考えるとそれだけで吐きそうになる。

ジジイにもその通りに伝えた。本当は三十万しか渡したくないが、わざわざ俺みたいな場末のよくわからん道具屋を選んで仕事を頼んでくれた。その礼と、アンタの死んだ父親に対する敬意だ。品を見れば彼が真面目で賢明な支援者だったことはわかる。交渉はしない。その値で売るか、俺がこのまま手ぶらで帰るかだ。

ジジイは大喜びで金を受け取り「今すぐ郵便局に行ってきます！　父さんの残してくれた大事なお金やからね！　アンタは本当に誠実で真面目な人や！　わしは人を見る目には自信があるんだ！　間違いない！　ちょっと出てくるからあとはよろしく！」と預金通帳を片手にボロボロの自転車で去っていった。デタラメすぎる。だがジジイの身分証、残置物、家に残された他の諸々から考えて、ジジイは詐欺師でも泥棒でもない。間違いなくこの家の一人息子で、この家で両親の介護をし看取った。ゴミ屋敷っぽいのは単なる性格だろう。そういう人間はいる。

というのが朝の七時三十分に電話してきた「早口でうるさいジジイ」と俺のファーストコンタクトだ。確かにあのときは一部屋だけだった。デカい家だからまだ部屋はいくらでもある。今回はリビングとダイニングを頼みたいという。それは構わない。俺の仕事だ。依頼はありがたいし助かる。ただ、なんでこの時間なんだ？　こんな時間にやってる店なんてあるか？　コンビニか二十四時間営業の飯屋くらいだろ。どこの世界にこんな朝早くからやってる古道具屋があるんだよ！

「それじゃ八時にお願いしてよろしい？」

いいわけねえだろ！　俺はこれから飯を食う。そしてシャワーだ。九時には着くからそれまで待ってろ。


相変わらずとんでもない家だ。荒れすぎて空き家にしか見えないし、中に入ると小動物の不潔な臭いと気配、ネズミの糞で足の踏み場もないし、なにかを掴《つか》めば必ずゴキブリの卵がついてくる。建物の中にいるだけで、なにか得体の知れない不潔でヤバい微生物や謎のウィルス、干からびたちっさな虫の死骸やらを吸い込んで病気になりそうだ。しかも今回はダイニングとリビングだ。リビングは二つの飾り棚に少し高価な洋食器や酒があるだけで、他には特に見るものはなさそうだったが、ダイニングはキッチンとほぼ一体で、見ただけで体調が悪くなる。一般的な衛生観念ではそこに足を踏み入れることは不可能だし、そこにあるもので手を触れても平気そうなものは一つもない。

「信用してるからね！　汚れてたり箱がないのも多いから、今回は値段はどうでもいい。でも母さんはちゃんとしたものしか買わないし、使わない人やったから。ものはいいはずです！　全部お任せします！　わしは二階でレース見てるから！　なにかあったら呼んでください！」

簡単なやつからいこう。前回と違ってキッチンやダイニングの水っ気が近くて猛烈に気持ち悪い。死骸や糞や卵ではなく、現役のやつがいそうだ。まずはリビングにある売りやすいブランド物の洋食器やガラス製品、酒を全部引っ張り出す。ガサガサやってると銀食器や海外の土産物、少量の切手なんかも出てくる。出てきたものは床に広げるだけ広げ、スペースが足りなくなれば上に重ねていく。俺はジジイに嘘《うそ》を吐《つ》くつもりも泥棒するつもりもない。リビングのやつはずっと置いておいても邪魔なので、ざっと買取りの金額を計算しながら新聞紙で包んで紙袋や段ボールに放り込む。ジジイにはあとで説明すればいい。俺は嘘を吐かないしジジイも文句は言わんだろう。

リビングの荷物をひとまとめにしたら、ついに隣のダイニングとキッチンだ。ネズミの糞とナメクジの死骸で足の踏み場もない。そこらに放ってあった未使用のゴミ袋を床に五枚くらい敷いて作業を始める。シンク周りにブランド物の洋食器がいくつかあったので、それを拾って床に置く。キッチンの棚は一番の強敵だ。開けた瞬間に虫が這《は》い出してくる可能性があるし、シンクからも外からも湿気が入ってカビだらけだ。一番汚れがマシな椅子を一つ持ってきて、クソみたいな作業に取り掛かる。ジジイは全部の部屋が片付いたら、家を売るつもりだろう。片付け屋や解体屋が入る前に、金目のものは全部俺が見つけ出して買取る。どんなクソみたいな可能性も順番に全部潰していく必要がある。カビだらけで虫だらけで糞だらけのキッチンの棚だって例外じゃない。この手の棚は大抵使わない食器か調理器具、キッチン小物がしまってあるだけだ。ただこの家の主人のように社会的地位が高かったり大企業に勤めていたり、金持ちだった場合は毎年贈答品が山盛り贈られてくるから、もらったまま一度も箱すら開けていないそいつらが押し込んであることが多い。盆やら皿やらグラスやら、国内外の陶磁器やブランド食器、伝統工芸品、土産物やらゴルフコンペの景品なんかが、ネズミの糞とゴキブリの卵にまみれて湿った箱のまま積んである。俺は骨董屋《こっとう》だ。こんな不潔なゴミを漁《あさ》って買取るのは本業とはいえない。だが俺にはこんな仕事ばかりだ。場末のクソみたいな店で宣伝もなにもせず、ただ電話が鳴るのを待ってるだけだからな。

市場で売るのが申し訳ないくらい、マジでとんでもなく不潔でヤバそうな贈答品のうち、まだ箱の状態がマシで千円かそこらなら売れるかも知れん、という程度のクソったれを頭上の棚から下ろしていく。二千万の李朝の壺はどこにある？　一億円の清朝中期の官窯《かんよう》磁器は？　だが俺の前にはデカくて不潔で不便な千円札みたいな代物しかない。いくら棚を開けても同じだ。クソの山。不潔な小動物の糞尿と虫の卵と死骸。だが、たった一つだけ、そいつだけは、ボロボロで湿った化粧箱に指先で触れた瞬間にわかった。

それは大半の他の贈答品と同じように、少しだけ気取った百貨店か記念品屋の化粧箱に入っていた。もちろんネズミの糞とゴキブリの卵だらけだ。しかも湿ってカビている。その箱に指先で触れ、両手で摑んで下ろしたときには確信していた。開けなくてもわかる。こいつはヤバい。まさかこのゴミと糞にまみれたキッチンのクソ棚にこいつが？　なぜこんな無造作にクソと一緒に置かれているんだ？　たぶん理由はない。

そういう家なんだ。

小さな金具を弾《はじ》いてゴキブリの卵とカビだらけの箱を開ける。金色のゴブレットが六個。刻印を探す必要はない。見りゃわかる。純金製だ。一個取り出して手のひらに乗せてみる。約一八〇グラム。そいつが六個。グラム七五〇〇円で計算しても八百万以上だ。一秒。確かに一秒だけだ。こいつの蓋を閉じて、他の不潔なガラクタと一緒に床へ山積みにしておく。十分後にジジイを呼ぶ。クソ汚いし売るのが面倒な小物や食器ばかりだが、少しはマシなブランドのやつがあった。また俺を呼んでくれた礼と、趣味のいい死んだ母親に敬意を払おう。全部で十五万だ。きっとジジイは感激して俺から金を受け取り、大喜びで郵便局へ向かうに違いない。

だがきっちり一秒後に俺はやはり少しキレ気味に叫んでいた。

「オイ！　とんでもねえやつがある！　さっさと降りてこい！」

ジジイがバタバタと大急ぎで階段を降りてくる。レースの結果については訊かなかった。どうでもいいし、話が余計に長くなる。

「こいつはヤバい。純金で一キロ近い。たぶん死んだ親父さんの退職記念品か退職金のおまけだ。とにかく俺はこいつを買いたくない。九〇%で買っても手数料を考えたら税務申告が面倒なだけで全然儲からん。八〇%で買ったら泥棒と同じだ。自分で売れ。来年の確定申告を忘れるな」

ジジイはひどく興奮していた。怯《おび》えてもいた。わしの年金の何年分や？　えらいこっちゃで。こんなん持って歩かれへんやないか。どないしたらよろしい？　どないしたら？

「いいか、よく聞け。今から知り合いの宝石屋を大阪から呼んでやる。そいつはインチキもしないし、ネットジャパンと同じ値で買ってくれるはずだ。アンタは家から出なくていい。現金自体が怖けりゃその場で振込みもしてくれる。俺は今からそいつに電話をして、荷物を片付ける。アンタは二階でレースを見ててくれ。二時間以内に全部終わる。今日の買取り額は六万だけだ。たいしたものはなかった」

そう言って興奮したジジイを落ち着かせ、必要な電話をして、他の作業も終わらせた。ジジイは自室に戻らず「やっぱりアンタはすごい人や。信用できる。わしは人を見る目には自信がある。教師だったからね。間違えてなかった。すごい出会いやで！」そう叫んでいた。やはり少しイカれてる。

泥棒しないだけで聖人扱いされるなら、世の中は聖人だらけになっちまう。それに俺は一秒だけ、本当に盗むつもりだった。盗まなかった理由は俺のルールブックにそう書いてあるからだ。誠実だからでも真面目だからでもない。道具屋は悪党の稼業だ。だが悪党にもルールはある。たとえ信念やポリシーはなくても、相対化されない、自分だけの正義がある。誰のためでもない、自分の世界を自分のやり方で生きるためのルールだ。

夕方ジジイからまた電話があった。

「一〇％でも五％でもお礼をさせてや。たいへんなことなんやで。年金の何年分やと思います？　アンタ以外なら絶対にナイナイして盗んでる。わしだって、誰だってあんなものあるなんて知らんかったんやから。えらいですよ。気持ちだけでも……」

なにを言ってやがる。純金はアンタの死んだ親父さんのもので、相続者である一人息子のアンタのものだ。俺は乞食《こじき》でも泥棒でもない。買取り屋だ。金を払うのが仕事なんだよ。相手から金を受け取るなんてことはしない。そういう稼業だ。感謝してるってんなら、いつかまた、なにか出てきたら安く譲ってくれ。まだ何部屋も残ってるだろ？　なにか面白いものが出てくるかも知れない。そしたら安く譲ってくれ。そのときに儲けさせてもらう。

やはりジジイは見てくれこそ尼崎の競艇場で舟券を買ってるジジイみたいだが、坊ちゃん育ちだ。少し考えりゃわかるだろ？　こっちは悪党なんだ。ゴミ溜《だ》めの中からお宝を見つけてやった礼だって？　そんなに金が欲しけりゃ最初から泥棒してる。一〇％の八十万より八百万の方がいいに決まってんだろ。だからそういうことじゃない。俺だけのルールがある。俺専用のやつがな。誰だってそうだろ？　俺たちは世界のすべてを全員で共有してるわけじゃない。たまに交錯したり、部分的に共有してるだけだ。だから自分の世界を生きるのには、自分だけのやり方がいる。他のやつのやり方じゃダメなんだ。

世界というのは誰のどんなものでも複雑だ。森羅万象の情報量は膨大で、俺たちは死ぬまでにその構造や仕組みの一％だって知ることはできない。だが人生というのは案外単純なものだ。どこまでいっても変わらない、果てしなく続く糞《くそ》の海、途方もなくデカい肥溜《こえだ》めの縁に腰掛けて、浮かんでいる糞や溶けて沈んでいる糞、そいつの周りを飛んでいるハエや気色悪い虫とか、そんなのを眺めている。そいつが人生だ。俺にはそんな退屈で臭くて不快な時間は耐えられない。三日が限界だろう。きっと俺だけじゃない。毎日大勢の人間が自殺してる。

選択肢は二つだ。さっさと自殺するか、目の前の肥溜めに飛び込んで、なにか少しでもマシなものを探すか。だから人生のほとんどの時間は最悪だ。気合を入れて糞の海に飛び込み、息の続く限り潜ったって、大抵はなにも見つからない。結局は糞とへんな虫や臭い汁にまみれて惨めで悲しい気分になるだけだ。それでも俺は何度も繰り返しそいつに潜った。他にすることがなかったからだ。糞の海から生還するたびに惨めな気持ちになる。いつも惨めで悲しくて臭くて不潔で病気だらけでうんざりした。いつか、なにかマシなものが見つかるかも知れない……そう思って潜り続けた。間抜けな負け犬野郎の人生だ。

これで最後にしようと思ったダイブだった。金も仕事も住む家もなかった。酒のやりすぎで頭も身体も限界だった。これで最後にしよう。どうせ他にやることはない。惨めで悲しい気分ともついにおさらばだ。息を止めてドブンと頭から糞の海に飛び込む。何百回も経験したヌルヌルして不快な感触。糞や汁だけでなく気味の悪い虫まで身体にまとわりついてくる。そいつが肥溜めの底だったのかはわからない。なにしろとんでもなくデカくて深いやつだからな。それは信じられないくらい深くて暗いところにあった。だけど真っ暗な糞の海の中でも、ちゃんと健気に淡く光っていた。小さくて白っぽい微かな光だ。俺がその肥溜めの中で初めて見つけたマシなものだった。俺が見つけるまで、ずっとそこで待っていてくれた。俺は糞まみれで息も絶え絶えだったが、そいつにこの手で触れたとき、やっとわかったんだ。俺の中にも、愛や、優しさや、善みたいなものがある。そいつがどこにあるのか知らなかった。あっても使い方がわからなかった。でもそれを見つけた。俺の人生で唯一のマシなもの。それが今の妻だ。

「やめろババア！　ゴミを置いていくんじゃねえ！　待てこの野郎！」

わざわざコロコロのついたカートに乗せて店まで運んできた苦労はわかる。年寄りにとっちゃ大変な作業だ。だが俺は不用品の回収業者じゃない。お金なんていりませんよ、どなたかほしい方がいれば……じゃねえんだよ！　そいつらは全部まとめて自分の家の前のゴミ捨て場に捨てろ。どうしても捨てるのに抵抗があるってんなら、なんでもいいから俺が買取れる品物を持ってこい。それで俺がいくらかでも儲かるなら、一緒に取ってやる。こいつをそのまま持って帰るか、なにかべつのマシなものを持ってくるかだ。オイ！　耳が遠いフリをするんじゃねえ！　いい加減にしろババア！　この野郎！

俺は買取りが専門の道具屋だ。店は古道具や古美術品の買取りや空家の処分なんかを考えてるやつのためにやっている。それでも一応は見た感じを骨董屋《こっとう》っぽくしておかないと、壊れたテレビやマッサージ機、いらなくなった食器棚の中身を持ってくるやつがいるし、店にはそれほど高価ではないが、ほどよく古く、なんとなく「あんな感じのやつなら家にあったかも」と思わせる半端な品を並べておくことが大切だ。真顔で甲冑《かっちゅう》やら日本刀やら三重の箱に入った茶道具やらを並べておいたら、ごく普通の家に生まれて死んでいく大半のジジババにとって、店に入りにくすぎる。

婆《ばあ》さんは反省して四十分後に紙袋を一つ持ってきた。これは伯母からすごくいいものだと言われて……いい加減にしろ。人は誰かに品物を渡すとき、必ず「すごくよいものだから！」と言って渡す。そんなもんがアテになるわけないだろう。袋の中身は戦後出来の湯沸《ゆわかし》と九谷《くたに》の茶器揃《そろ》いだった。ゴミとは言わんが両方合わせて一万円で売れたらラッキー、くらいの感じだ。もちろん婆さんは燻銀《いぶしぎん》の湯沸を純銀製だと信じており、そいつは銅を銀色に加工したやつだと説明しても理解するのに時間がかかった。べつに偽物とかじゃなくて、そういう技法なんだよ。クソみたいに性格の悪い貧乏人専用の神に誓ってもいい。一〇〇％銅製だ。嘘《うそ》は吐《つ》かねえから安心しろ。九谷の茶器はよくある土産ものみたいなやつだった。たいして古くもないし、かなりどうでもいい感じのやつだが、最近は中国で人気がある。数千円なら売れるだろう。両方合わせて五千円で取ってもいいとこ五千円しか儲からない。高校生のアルバイト以下だし、約束通り婆さんがコロコロ運んできたゴミも取ってやるなら、単に手間が増えるだけだ。深夜のコンビニでバイトするか、宅配便屋の倉庫で仕分けの日雇い仕事をする方がマシだ。

「両方で五千円だな。最初に持ってきたゴミも処分してやる。文句があるなら売る必要は全然ないが、めちゃめちゃ頑張ってその値段だからな。今でも値段言いながら後悔してる」

婆さんは納得したようだった。それでいい。だいたい八十八歳にもなって、今さら品物や金についてごちゃごちゃ言っても仕方ねえだろ。いいか、アンタの「損したくない」という気持ちは無意味だ。三途《さんず》の向こうには金も道具も持っていけない。もし俺の「少しでも儲けたい」という気持ちよりアンタの「損したくない」の方が強くて大きいなら、相当イカれてる。子か孫か主治医に相談しろ。マジな話だ。それから補聴器の調整か電池交換が必要だ。他にもまだ処分する品があるなら相談には乗るが、まずはそっちをなんとかしてくれ。じゃないと俺はテレビのひな壇芸人みたいにずっと声を張ってなきゃならない！

相変わらず全然儲からない仕事か、骨折り損のくたびれ儲けで俺が損する仕事か、わけのわからない年寄りの相手しかすることがない。俺はこの町で一番頭が悪く、なんのコネやツテもなく、やる気も金もないクソみたいな道具屋だ。どうしようもない。それでも毎日朝九時に店を開け、夕方六時まで一人でぼさっとしてる。成功体験てやつさ。たとえマシなことなど一つもなくても、目の前の糞の臭いにうんざりしても、俺たちにできるのはその肥溜めに飛び込むことだけだ。いよいよ嫌になったら自殺すればいい。だけどいつかマシなものが見つかるかも知れない。何十回でも何百回でも糞まみれになって、惨めで悲しい気分になって、恥ずかしくて、悔しくて、ムカつくことばかりだが、実際に俺は一度だけ見つけたことがあるんだ。だから糞の海に飛び込むことも、潜ることもやめない。なにかマシなものが見つかるかも知れないからな。

店のシャッターがバラバラの木っ端微塵《こっぱみじん》になったのは何年か前の台風の夜だ。朝八時半頃に車で店の前へ着くと、真ん中の支柱とプレートがそこら中に散らばった状態で、ガタガタになった元シャッターが二枚、べろんと裏返しになって地面に放り出されていた。幸い騒いでいるギャラリーはいなかったし、店のガラスや近所の車なんかを傷つけた様子もなかった。電話で大家のジジイを呼び出したが、もちろんジジイは築七十年近い文化住宅に一円だって金を使うつもりはない。支柱を固定しようや。どうせあんたも外さへんやろ？　そう言って持ってきたドリルでコンクリに鉄の棒を打ち込んで真ん中の支柱を固定すると、今度は二人で散らばったプレートを拾い集め、シャッターを組み立て直した。あれこれ悪戦苦闘して鉄板のベロベロになったボックスの中に無理やりシャッターを押し込んだ。それ以来、俺は店の鍵を閉めるのをやめた。ガタガタのシャッターはもう俺にしか開けられない。そいつを押し上げるには微妙な角度からの特別な力加減が必要で、しかも信じられないほど耳障りでデカい音がする。二軒隣の九十八歳になる補聴器なしじゃ会話にならない婆《ばあ》さんから苦情がくるほどだ。

ある朝、ガタガタでクソうるさいそいつをプロの技で押し上げていると、どこかで俺が来るのを待っていたらしいジョギング中みたいな格好の女に声をかけられた。相談があるという。家は近所で、他にどこの誰に相談していいのかわからない。もちろん道具屋を訪ねるのは初めてだ。だがそんなのは当たり前のことで、普通の人間は身内が死んだとき、その死んだ身内や他の誰かから相続した不動産を処分するとき、そんなときくらいしか道具屋に用などない。俺の客というのは今から死ぬ年寄りか、最近死んだ誰かの遺族くらいだ。この稼業の不吉さは基本的に葬儀屋や坊主と変わらない。ただ連中は依頼者から金を取るが、俺は払う。金を払って家に残った死人の持ち物や、由来不明のガラクタ、既に遺族や関係者にとって意味を失った品物を買取る。死体の身包《みぐる》みを剝いで金になりそうなものならなんでも取っていく追い剝ぎや山賊みたいなものだが、金は払うから連中より少しだけマシだ。とにかくジョギング帰りの中年女が警戒して尻込みするのは当然で、目の前にいるのはそんな山賊みたいな稼業の男だし、店には死人の持ち物が山盛り積んである。

女は長身で細身の若作りだが、年齢は俺より一回りは上に見えた。六十歳前後だろう。店には俺以外の人間が座れる椅子は一つしかない。もちろん作った人間も買った人間も使っていた人間も全員とっくに死んでいる。クッションのそいつを勧めた。相談の内容はこうだ。こちらに嫁いでくる前の実家が丹波《たんば》にある。古い家で、彼女が子供の頃から古かった。祖父母が死に、両親が死んだ後は叔父が住み、兄夫婦が家と叔父の面倒をみていた。その叔父も数年前に入院して植物状態になり、回復の見込みはない。昨年兄が死んだ。家は今、兄嫁である義姉が管理してる。そこまで話を聞いてから、一応相続者に関する最低限の情報を確認した。彼女と義姉の同意があれば残置物の買取り自体は問題がなさそうだ。

とりあえず家の中を見にきてほしい。売れるものや残すもの、捨てるものなど、彼女や義姉では判断できない。オーケー、問題ない。当たり前のよくある依頼だ。何でもかんでも売れとは言わん。全部引っ張り出して説明するから、売るかどうかはそれから決めろ。今度は俺から質問だ。家は潰して売るつもりなのか？　もし建物を残すつもりなら、残す理由は？　こいつは荷物を全部引っ張り出すときに必要な情報だ。潰して売るつもりなら狭いところやボロいところはぶっ壊して構わないだろうし、何十年も人が入ってない不潔でくしゃくしゃのところは土足で上がってゴミを蹴り出せばいい。彼女の答えは意外だった。家は潰さないし、売らない。植物状態の叔父の代理人から、人間が住める状態と最低限の設備は維持してほしいと頼まれている。回復の見込みのない植物状態の叔父の代理人から？　その通り。だから不要なものは処分して、整理整頓する。最終的には義姉が年に数回、風通しと簡単な掃除をするくらいで管理できる状態にしたいが、家が古くてデカいから、女二人ではどこから手をつけていいのか、どんな業者になにを頼めばいいのか、それすらわからない。それでまず近所の俺に相談した。家を売らない本当の理由は気になるが、そこまで根掘り葉掘り聞くのは俺の仕事じゃない。とにかく見てみよう。古い農家でそれなりの地主だったようだから、なにか出てくるかも知れないが、地主といっても元々は百姓だ。百姓の道具しかないかも知れない。大地主の古い屋敷だろうと、生活保護の婆さんの暮らす市営住宅だろうと、なにが出てくるかは実際に見てみなきゃわからんもんだ。

「あの……それで日程というか、予定なんですが」

ああ、好きにしてくれ。デカそうな家だし、かなり古いみたいだから一時間二時間じゃ終わらん。なにしろこっちは俺一人だ。丸一日の仕事になる。予定はこっちで合わせるから、希望の日時を言ってくれ。

「へんなふうに思わないでくださいね……いえ私もへんだとは思っているんです。ただ義姉は少し、なんていうかセンシティブなところがあって……」

センシティブ？　なんなんだよ。俺は中学しか出てないし、日本語しか話せない。ついでに分数の足し算や引き算も無理だ。どういう意味なんだ？

「日付とか、曜日ですね。それから敷地内に入ってくる時間、方角とかも決まっているみたいで……本当にすみません。私もちょっと変わってるとは思うんです。ただそういうこだわりが強い人で」

さっぱり意味はわからなかったが〝センシティブ〟はオカルトマニアとかそういう意味かも知れない。信心深くて多少臆病な中年女の一人や二人、どうってことはない。彼女から指定された日時と車で敷地に入るときの道順、方角、停《と》める場所やらを聞いてメモする。きっとめちゃくちゃにしんどい作業になるだろう。俺一人で丸一日かけてクソデカくて古い家のゴミもクソも全部まとめて引っ張り出すんだ。間違いなくタフな仕事になる。

真冬だったのが唯一の救いだ。夏ならもう俺は死んでる。朝の十時から建物内のあらゆる部屋を指示された順番に周り、ガラクタを引っ張り出し、買い取れそうなものだけ選《よ》り分けて、また次の部屋へ向かう。もう集中力は一ミリも残っていないし、体力も限界が近い。おまけにいつの間にか夕方だ。家は予想よりずっと片付いた状態で、衛生的にはなにも問題なさそうだったが、屋根裏にその場でバラして壊さないと階段を下ろせないデカい長持がクソほどあり、しかも中身が半分くらい古書だった。全部調べて俺の肩幅の半分くらいしかない階段を下ろすのに恐ろしく時間がかかった。棟上げのときにでも書かれたのか、屋根裏の柱には昭和五年の墨書きがあったから、まあ少なくともその部分は昭和五年の建築なんだろう。ただ基礎はもっと古そうだった。

田舎の百姓だし何百年も前から同じ場所に住んでいたに決まってる。昭和になっていきなりこんなところへ引っ越してきて米を作り始めるやつがいるとは思えない。

仏間だったのか居間だったのかよくわからないが、とにかくデカい座卓の置いてある部屋に集めてあった掛軸の数が多すぎて、こいつにも時間を取られた。どれも湿気とカビと平べったい銀色の虫のせいで状態が悪い。普段ならパッと見でどんどん適当に山積みしていけばいい程度のやつばかりだったが、作業中は常に小太りでエプロン姿のセンシティブな義姉とやらが見張っている。といっても俺を疑ってるとかそういうわけじゃない。俺から話を聞いたり、何か尋ねたり、建物の構造についての案内なんかを買って出てくれているという感じだ。

「やはりこういうお仕事でしたら、お祓《はらい》とか、普段から気をつけているものでしょう？　ひょっとして上着の下になにか特別なものを身につけていらっしゃいます？」

一瞬寒気がした。耳《みみ》なし芳一《ほういち》みたいに全身に呪文でも書いてあると？　俺は道具屋だよ。買取り屋だ。オバケのことはよく知らんが、いるならいくらか値段を付けて他の荷物と一緒に車に積んで帰り、荷物と一緒に市場で売るから気にするな。

廊下の奥に押し込んであった水屋簞笥《みずやだんす》から、いくつかの陸軍の個人装備が出てきた。ボロボロの背嚢《はいのう》とか、ゲートルとか、軍隊手帳とか、出征旗とか、参加賞みたいな勲章とか、そういうやつだ。違う姓のやつが混じってるのは、他の親族と一緒に暮らしていた時期があったからだろう。田舎のデカい家なら珍しくない。

「あの、こういったものは……」

名前に見覚えはあるか？　あんたは嫁だから、この家で生まれ育った妹の方が詳しいはずだ。気になるなら呼んできてくれ。品物自体はべつに特別なもんじゃない。陸軍の兵隊ってのは百姓でも貧乏人でも五体満足なら誰でも一度や二度はやらされるもんなんだ。当時の男子なら兵隊に取られてない方が珍しい。古い家なら必ずあるもんだよ。こいつらが不吉かどうかは人によるだろう。兵隊なんか誰でもいってる。戦死してるかどうかは軍隊手帳を見ればわかるが、普通に考えれば生きて帰ってきたから、こいつらはここにある。姓は違うが同居していた親戚がいたはずだ。そもそも入院中の叔父ってのは分家だろう？　それとも部屋住みだったのか？　養子に出されて姓が変わったか？　だが、こいつはあまり触れてほしくない話題だったようだ。あんたら二人の表情を見ればわかる。まあ、べつに構わないさ。

「こういったものの処分はどうするのが安心なんでしょうか？　お供養ですかね？　なんの専門家なんだよ！　俺は買取り屋だ！　だが俺の経験ではほぼ十割の人間が一応お願いできる方を知ってはいますが、専門家のご意見も……」

「なんか汚いし気持ち悪いから持っていってくれ」だ。安くても一応は売れるからな。だから質問の答えは俺が買取る、それだけだ。べつに供養だのなんだのいって変な坊主に金を払って燃やしてもらう必要はない。先祖の霊とかが背嚢や手帳の隙間から這《は》い出してきたら、市場の競りも迫力が出てきっと盛り上がるだろう。

完全に日が暮れて外は真っ暗だった。電気のつく部屋とそうでない部屋がある。わざわざ電気のつかないその部屋を最後に残していたのは嫌がらせとしか思えないが、彼女らなりの事情があるんだろう。そして目の前のクソ暗い部屋こそが、入院中の叔父の部屋だという。植物状態で回復の見込みのない、この家のいつかの主人の弟であり、息子であり、孫だった誰か。まあ知らないジジイだ。今のところはどうでもいい。背後の部屋からの明かりは多少入ってくるが、明かり取りの障子からはなんの光も入ってこない。LEDのペンライトのグリップを回して、光を拡大する。八畳間。なにもない部屋だ。きれいに片付いてる。万年床や介護用ベッドもない。座卓や文机《ふづくえ》や座椅子もない。左手奥の天井近くに古い神棚があり、その下に衝立《ついたて》が一つ。その向こうに白っぽいキャビネットみたいのが見える。取れそうなのはあれの中身くらいか。だが持ち主はまだ生きている。どうなんだ？

「あれは叔父のものですが、どこから集めてきたのか、売れるものかどうかわかりませんけど、ご迷惑でなければ全部持っていってもらって結構です」

やけに冷たいな。代理人はどうした？　まあ舅《しゅうと》の弟の世話なんてしたがる嫁はいないし、良好な関係を想像する方が難しい。法的な問題がないなら俺はそれでいい。

「わたしらは、あのきれいになっているダイニングにいますから、終わったら声をかけてください」

お目付役はなし。どう見ても一番ヤバそうな感じのする場所だが、アドバイスもなし。依頼者とその義姉は去っていった。

キャビネットの中身への期待は少し脇に置いて、ここまでの仕事の状況を整理しよう。古美術品と呼べるような行儀のいい、かしこまった品は一つもなかった。この時点で俺の今日の冒険は失敗だ。俺はいつだって千万、億のお宝を探している。もちろん今まで一度も当てたことはない。だから貧乏なんだ。とにかく今日も当たりはなし。古書は少し変わった江戸後期ものの揃《そろ》いや武鑑も数があったから、いくらかにはなるだろう。量が多いしもっとよく調べればきっと他にもなにか見つかる。掛軸は量こそ多いが全部ダメだ。状態が悪すぎるし、箱も悪い。あの分量でも全然金にならない言い訳を考えておいた方がいい。茶道具が一切なかったのは単純にそういう趣味がなかったからだろう。茶室もない。同じように工芸品の類いも少ない。都会の実業家や重役じゃないから、贈答品みたいなやつもほとんどない。他に買えそうなものは俺が無理やり床下や押し入れの奥、埃《ほこり》と塵《ちり》だらけの納戸から引っ張り出してきた、古い電灯やその部品、硯箱《すずりばこ》や火鉢、花台なんかのガラクタと昭和三十年代の玩具類、通電だけ確認したラジカセ、水屋簞笥周りの戦争関係の諸々と引き出しの中に無造作に放り込まれていた古銭くらいだ。古銭は清朝後期から末期の大型のがいくつか混じっていたから充分金になる。ざっと見積もって全部で二十五万。大盤振る舞いだが、古銭と古書で当たりを引けば五十万にはなるだろう。残りの大量のガラクタも全部売れば十万以上にはなる。苦労のわりには報われないが、損するわけじゃない。あとはキャビネットの中身か。百万くらいのものがあって欲しいが、ここまでの流れ、家の雰囲気、出てきた品々から考えると期待しない方がいい。

すっかり汗が引いて、部屋の冷気が気持ちよかった。俺は一人で暗闇の中、作業をするのが好きだ。まずは神棚を調べる。真っ黒だ。少し変わってる。出雲大社の拝殿だ。今のやつじゃない。明治頃に大工に作らせたものだろう。暗くてよく見えないせいもあるが、真っ黒に煤《すす》けて迫力があるし、雰囲気もいい。こいつも取らせてもらおう。あの少々オカルティックで信心深い義姉がなんと言うかわからないが、この部屋にあるものに未練はなさそうだ。頭の中で二万円と勘定する。今度は足下の衝立を真横にずらして、キャビネットの正面に座り込む。ペンライトで中身を照らした瞬間に思わず声が出た。マジかよ！　クソったれ！　この部屋には数年前まで病人を介護していた痕跡どころか、それ以前に人が暮らしていた気配すらない。今は完全に片付けられて、ただのがらんどうだ。薄暗いが畳も襖《ふすま》も障子も全部が清潔に保たれ、不潔な様子はどこにもない。キャビネットの中身だけが、ここで暮らした人間の意思、感性、趣味嗜好《しこう》なんかの情報を保存してる。俺の目の前にあるのはどっかの知らないジジイを成立させてきた情報の一部だ。キャビネット自体は安っぽい白の化粧板で作られ、中にガラス棚が四段あった。異様すぎる。小さな仏像、懐中仏《かいちゅうぶつ》や豆仏《まめぶつ》と呼ばれるやつが一定の間隔で百個以上並んでる。そいつは構わない。大きいものから小さいものまで、仏像の蒐集《しゅうしゅう》はかなりメジャーな趣味だ。だが他にも同じように数ミリから一センチ内外の小さなものが、規則があるのかよくわからないが、とにかく豆仏と一緒に並んでる。壊れた時計の部品や、男性器の形をした根付《ねつけ》、秤《はかり》の分銅、子供用の義眼、ミニチュアの陶器、ドールハウスで使う椅子、貝殻、活版の活字、盆栽の添配《てんぱい》、三角形の黒い石、こおろぎの死骸、黒い丸薬、動物の爪、真鍮《しんちゅう》製の星、古い鍵、ガーゼの切れ端……なにがなんだかわからない。キャビネットの中はどこかのジジイの夢と狂気でいっぱいだ。マジで気持ち悪い。考えることや想像するのを止めようとしても、目の前にそれがあるんだ！　意味や理由を考えていたらこっちの頭がおかしくなる。仏さんへの供物なのか？　やめろ。どっかのジジイの妄想だ！　こいつは俺のものじゃない！　それとも……地上での生活に必要な日用品？　やめるんだ。意味なんかない。ジジイは狂ってる。それだけだ。ジジイ？　どんなジジイだ？　狂ったジジイだよ！

家の間取りは全然頭に入っていなかったが、明かりと声を頼りに二人のいるリフォーム済みのダイニングへ向かった。

「お疲れ様です。よかったらお茶でもいかがですか？」

まさかこんなおばさんたちの声で安心するとはね。だが茶は結構だ。もう時間がない。七時を過ぎてる。あと三十分で終わらせよう。小さな紙袋と、ティッシュペーパーを箱ごとくれ。キャビネットの中身を取ってくる。それから古びた神棚も取って構わないか？　あれはこの家より古い。いい雰囲気だし、気に入ったんだ。

「義姉さん……」

「結構ですよ。こういったことのプロですもの。信用できる方だと思ってますし、なにかお手伝いできることはございます？」

オーケー。そんなら各部屋で俺が選っておいたやつを玄関先に運んでおいてくれ。無理はしなくていい。本当は俺の仕事だ。ただなにしろ今日はヘロヘロでね。手伝ってくれると助かる。ティッシュの箱と洋菓子屋の紙袋を持って、あの部屋に戻る。本当に植物状態のジジイなんているのか？　代理人だって？　ペンライトを口でくわえて、キャビネットの中身を適当にティッシュペーパーを詰めた紙袋の中に流し込む。あとで少し古そうな懐中仏だけ選り分けて拾い、残りは捨てればいい。神棚は俺の身長なら背伸びするだけで簡単に手が届く。一応扉を開けてみた。真っ暗だが、神札が貼ってあるわけでも、立ててあるわけでもない。ライトで中を照らすと古い板切れが一枚伏せてあった。そいつを摑《つか》んで引っ張り出し、埃を払ってまたライトで照らす。板切れには「無」と一字だけ書かれていた。意味はわからない。俺は神も仏もオバケも怖くないが、この部屋にはこれ以上いたくない。今はこの洗い浄めたみたいに清潔でなにもない空間に悪意を感じる。建物や空間も品物と一緒だ。それに関わった人間の意思や思惑を保存する。真っ黒な神棚と紙袋を一つ抱えて、玄関へ向かう。

土間には俺が選り分けた荷物が並んでいた。いつものことだが、こいつらを見ると後悔する。なぜたいして金にならないガラクタまで無理して買取るんだ？　依頼者の目的が少しでも荷物を減らすことだから。それに安いものでも数を集めれば、渡せる金額が増える。俺はケチな泥棒だと思われたくない。そんなわけで全部まとめて二十八万。内訳を話そうか？

「だいたいで結構です。正直こんなにたくさん買ってもらえると思ってなかったので」

細身の依頼者の方だった。仕事は彼女の依頼だから当然だ。それなりの金額が付けられるのは、山盛りの古書と、古銭だけだ。そいつらだけで二十万。あとは二束三文だと思ってくれ。目一杯で二十八万だ。交渉はしない。身分証の写真を撮り、依頼者に金を渡す。それから名刺を一枚。ゴミにするしかないやつをまとめて処分するつもりなら、こいつに電話するといい。若いが真っ当な業者だ。俺の紹介だと言ってくれたらクソみたいな見積りは絶対にしない。一日で全部片付くよ。年に数回、風通しに来るだけでこの家を管理できるくらいにな。

買取った荷物を車のラゲッジと後部座席に放り込んでいく。車はボロだしデカくもないが、もうこいつを十年以上使ってるから、入る量を間違えることはない。ピッタり収まるはずだ。

「先ほどの金額は、叔父の分も含めてのものですか？」

小太りのエプロン姿。想像よりもヤバい相手じゃなさそうだが、やけに押し殺したような低い囁《ささや》き声からはクソみたいに嫌な予感がする。神棚が二万、キャビネットの中身が一万だ。正直にそう伝える。俺以外にあんなもの千円以上出して買うやつがいるとは思えないが、なにか不満でもあるのか？　それとも逆に不吉だからその分は受け取れないとか、そういう謎の展開か？　どっちにしろクソだから、勿体《もったい》ぶるのはやめてくれ。

「あの仏様は……」

俺は道具屋だ。あれがなんなのか知っている。全部の名前とその意味も説明できる。全部承知の上だ。なにか不満でも？　それともあれに特別な思いや気持ちでもあるのか？　もちろん本当はあれがなんなのか俺にはわからないし、意味不明だ。文句があるなら今この場でそいつを返せばいい。返そうか？　三万だ。返すから俺にも三万返してくれ。女とは目を合わせなかった。せっせと荷物を積み込んでいく。真っ黒な古びた神棚と紙袋だけが残った。こいつらを助手席に積むか、女に返すかすれば仕事は終わりだ。

大抵の仕事は店から車で十五分かそこらの近所ばかりだから、夜に疲れた身体で高速道路を使って帰るのは久しぶりだ。荷物はかなりパンパンに積んでいるが、最低限の視界は確保できているし、重さはそれほどでもないから車は安定してる。煙草に火をつける。助手席では車の振動に合わせて神棚がカタカタいっている。紙袋の中身がカチャカチャと不規則な音をたてる。依頼者の義姉がなにを確かめたかったのか、俺にはわからない。知る必要があるとも思えないから、どうでもいい。古い家で二世代三世代と長くたくさんの人間が暮らしていれば、家には時間と人数に応じたそれぞれの人間の意思や思惑が残る。花瓶の置き方一つで家主の性格が想像でき、床の間飾りの造形でその趣味がわかるのと同じだ。何人も死んで、世代が変わっても、それを完全に消し去るのは難しい。俺が買うのは残された生者にとって既に意味を失った品物で、しかしべつの誰かにとってはまだ意味と価値のあるものだ。だから商売になる。

助手席のこいつらはどうだろう？　まだ役割を終えていないのかも知れない。だが〝思い〟というのは言い出したらキリがない。未練や後悔、不安。そいつを荒っぽくすり潰して消し去るのも俺の役目だ。俺は品の持ち主の最後の理解者になる。そこに内包された意思や思惑、物語は俺から先の誰かには引き継がれない。坊主の供養と似たようなものだ。まじないや焚《た》き上げは必要ない。俺の買取った品は俺が売りに出した時点で、それまでに蓄積された情報を失う。市場ってのはそういうものだ。品物としての真価や意味だけがそいつの値を決める。持ち主が狂ったジジイだったとか、そういうことは考慮されない。どうだっていいんだ。

店の扉を開けて、誰か入ってくる気配がした。すみませんね、ご主人……いるかな？　しゃがれた爺《じい》さんの声だ。

「ハイハイ、ここにいるよ」

そう言って入り口からでも見えるように店の奥で座ったまま手を挙げる。

「ああよかった。入っていいかな。そっちかい？　お願いがあるんだ。頼みごとってやつさ。聞いちゃくれないか？」

体格のいいジジイだ。少し足を引きずっているが、背筋もしゃんとしてるし、年寄りにしては身体がデカい。とっぽい格好で、麻の白っぽいスラックスにお揃《そろ》いのジャケット。坊主頭に薄い色付きの丸いサングラスを掛けて、ボタンを二つ外した開襟シャツの開いた胸元からは立派な刺青《いれずみ》も見える。知らないジジイだ。

「頼みってのはこれさ」

そう言ってジジイはビニール袋に入った米を出してきた。

「五百円でも構わないんだ。郷里が北海道でね。私が食いものに困ってるわけじゃない」

おいおい……見てわかんねえのか？　俺は買取り屋だ。骨董屋《こっとう》だよ。べつに高価な古美術品や骨董品じゃなきゃ扱わないなんてことはない。売れるならなんでも買うさ。だが米屋じゃないことくらいわかるだろ？　ナメてんのかこの野郎！　そんなふうにいつもの癖でジジイを怒鳴りつける。

「ダメかい？　湯呑《ゆの》みとか、そんなのだったらあったかな。困ってるんだ、なにしろ……」

そもそもお前は誰だ。どんなボケ方をしたら縁もゆかりもない場末の骨董屋に米を持ち込むなんてことができるんだ？　狂ってるだろ。お前は狂ってる。だが困ってるってんなら話くらいは聞くさ。順序よく話せ。

ジジイは俺の店がある築七十年近い文化住宅の二階に住んでいる。この文化は一階にテナントが二つ。俺と隣の不動産屋だ。二階は安アパートみたいなのが三部屋あるらしいが、興味がないので詳しくは知らない。どうせ場所もクソだし建物もクソだから、普通の入居者はいない。いるとすれば生活保護の年寄りくらいだ。俺の借りてる店の真上の年寄りは数ヶ月前に死んだ。年寄りだから死ぬのは当たり前だしどうでもいい。俺はここに住んでいるわけじゃない。夕方には店を閉めて家に帰るから、二階の住人のことなんて気にしたこともない。とにかくジジィは俺の店とは反対側の二階の住人で、元ヤクザだが今は単なる生活保護の独居老人だ。酒も煙草も覚醒剤もやらずにひっそり暮らしてるらしいが、クソったれなのは大家に内緒で拾ってきた黒いメスの猫を飼ってることだ。もちろん避妊手術はなし、部屋のドアは常に開けていて自由に外と出入りできる。まあそこは田舎育ちの年寄りだから仕方ないのかも知れん。その猫が仔猫を五匹も産んだ。最初のうちはかわいいもんだと喜んでいたらしいが、いつの間にか乳離れしそうで、そろそろ勝手に動き回るようになってきた。なにを食わせたらいいのか、トイレはどうするのか、生活保護費で世話をするのは母猫一匹が精一杯だ。とりあえず仔猫用のキャットフードか離乳食をホームセンターで買おうと思ったが金がない。田舎から送ってきた米ならある。そうだ！　一階に買取り屋がいたな……

　途中で何度もツッコミを入れて殴りそうになったが、ジジィの話に嘘《うそ》はなさそうだし、マジで困ってるのは間違いない。俺は役人でも民生委員でもないからジジィに説教するつもりはないし、善人でも米屋でもないからジジィの米は買取らない。当たり前だ。完全に訪ねる相手を間違えてる。だがクソったれなことに俺は家で猫を五匹も飼ってる！　全部捨て猫や保護施設からもらってきたやつだ。ジジィは今すぐ死んでくれて一向に構わんが、猫の方はそうはいかん。とりあえず部屋に案内しろ。

元ヤクザの爺さんの一人暮らしにしてはきれいに暮らしてる方だと思うが、１Ｋのボロアパートは完全に猫まみれといっていい。しかも仔猫は全部母親と同じ黒猫。玄関からぞろぞろ出てきて二階の共有通路で好き勝手にじたばたしてる。十秒で決めよう。悩むだけ無駄だ。ほとんど選択肢はない。

「おい、爺さん。これから俺の作戦を説明する。余計な口を挟むんじゃねえぞ。俺は米屋でも猫屋でもない。骨董屋だ。だから米は買わない。だが家で猫を五匹飼ってる。なんとかしてやるから安心しろ。まず、一匹は俺がもらってやる。全部もらってやりたいが、もう五匹いるからな。全部は無理だ。残りの四匹は保護団体を手伝ってる知り合いのオバハンに預ける。兄弟姉妹二匹ずつの方が貰い手が多いんだよ。俺の家で今飼ってる二匹もオバハンのところでもらってきたやつだから信用しろ。これは今日中にやる。今からだ。チビのうちじゃないと貰い手がない。早けりゃ早いほどいいんだ。そして明日の朝、母猫を病院に連れていく。検査して手術の段取りをする。獣医に自分の飼い猫だと自信を持って断言できるな？　この一匹だけは一生を共にする自分の飼い猫だと約束しろ。できないなら今この場で死ね。オーケー？」

確かに町の古道具屋ってのは近所の年寄りがなにかと相談にきたり、たいした用もないのに訪ねてきたりするもんだ。そいつを邪険にせず、ほどほどに相手していれば、いつか連中が死ぬとき、身の回りの品の処分や家の処分を俺に頼んでくるかも知れない。俺は態度も言葉も感じも性格も悪い男だが、死にかけの年寄りにはそんなこと関係ない。俺は泥棒はしない。それだけで充分だ。だが生活保護で暮らす元ヤクザのジジイの仔猫を世話してやってどうなる？　恩を売ったところでなにか見返りがあるとは思えない。とにかく妻に電話だ。

「悪いが事件だ。文化の二階に住んでる元ヤクザのジジイが仔猫を五匹抱えて店にきた。もちろん俺だって意味はわからない。とにかく前に兄妹猫をもらった宝塚のオバハンに連絡してくれ。一匹はうちで飼ってもいいが、残りの四匹を世話してもらいたい」

妻にそう伝えて電話を切る。オバハンに連絡したらまたすぐ電話してくるだろう。それにしたってなんで俺の店にはこうおかしなやつばかり訪ねてくるんだ？　仔猫に食わせる飯がないから米を売りにくるやつがいるなんて想像できるか？　江戸時代の落語じゃねえんだぞ。未登録の番号から着信があった。

「今奥さんから話を聞きましたよ！　猫ちゃん！　たいへんなんですって？　ワクチンも検査もなにもなしね。大丈夫、今日中に獣医さんで診てもらうから。でも譲渡会も近いし最高のタイミングだわ！　すぐ行くから待っててくださいね。お宅じゃなくてお店の方ね？　知ってます知ってます。それじゃすぐ向かいます！」

このオバハンはいつも必ず家に何匹か仔猫がいて常に里親を探してるから、ひょっとしてそこらの猫が仔猫を産むたびに母猫から盗んでくる猫泥棒なのでは？と思わんでもないが、今はそのオバハンだけが頼りだ。最悪うちで預かれないこともないが、年寄りの先住猫がいるからあまり刺激的なのは避けたい。

「爺さん、今からボランティアのオバハンが来てくれる。このチビどもはちゃんと病院で検査して最低限の予防接種やらなんやらをしてから里親を探す。金のことは気にするな。ああいうのは実際に仔猫をもらったやつが払うんだ。よくできてるだろう？この大きさなら致命的な病気さえなけりゃすぐ貰い手が見つかるさ。検査の結果次第だが、まあギリギリセーフだ」

爺さんがポツリと呟《つぶや》く。

「いやぁアンタは神様みたいな人だね……」

残念ながら俺は神様じゃなくて道具屋だ。だから一つ貸しだ。死ぬ前になにか思い出せ。道具屋に買取ってもらうのに相応《ふさわ》しいなにかがまだあんたの人生に残されてるかも知れない。忘れるなよ。毎日五分間、思い出すために集中する時間を作るんだ。そしていつか俺の名刺を握りしめて死ね。


オバハンより先に妻が自転車でやってきた。まあ家から店までは下り坂で十分もかからない。状況を心配してというより、単に仔猫が見たくてきたみたいだ。もう出会って十五年、結婚して十年になるが、初めて会った頃とちっとも変わらない。身長一四五センチ、体重三十八キロ。ショートカットの黒髪。今どきの小学生より小柄で、医者の娘だから筋金入りのお嬢さん育ちだ。その妻がジジイに挨拶をしている。それからボロアパートの階段を上がって仔猫を見に行った。妻は俺とは正反対に、他人の善意しか見ない。悪意や邪悪な思惑は存在しない前提で今日まで生きてきた。今後も生きていくだろう。なぜそんな絵に描いたようなお嬢さんと俺みたいな悪党のクソ貧乏人が結婚して、医者の一家に婿入りすることになったのかは、説明が難しい。話せば長くなる。一五〇万字でも足りないだろう。だいたい俺はその理由を知らない。出会った当時、俺には住む家も仕事も金もやるべきことも、なにもなかった。ただ酒を飲んでひっくり返り、死ぬのを待っていただけだ。妻に拾われ、結婚するまでのロードマップを示された。俺は死ぬ以外にもうするべきことがなかった。だから妻の指示と助言に従った。いいぜ、俺にはもうこの生命の使い途《みち》がない。あんたのために使うのも悪くないさ。なにしろ他にやることはなにもないんだ……なぜ俺なのか。なぜ結婚なのか。俺は今でもわからない。その謎と秘密は妻しか知らない。知りたいとも思わない。俺の人生で初めて見つけたマシなもの。それが妻だった。他のことはどうでもいい。

オバハンは原付の足元に普通サイズのキャリーバッグを一つ乗せて登場した。

「いや絶対五匹も入らねえだろ！　しかも原付かよ！　そこのホームセンターで適当なの買ってくるから俺の車で行こう」

だが信頼と実績の猫泥棒のオバハンは自信たっぷりだった。全然平気よ。チビちゃんたちなら全員これに入るわ。車も必要ない。バイクで十分だもの。心配しないで……なんて大胆なババアなんだ！　お前がコケたらどうすんだよ！　俺の車でいいだろうが！　だがババアにはババアのスタイルがある。信頼と実績。それほどババアをよく知ってるわけじゃないが、誰にだって自分のやり方ってやつがあるんだ。実際にババアは小さなキャリーに仔猫をパンパンに詰めて、両手で抱えたそいつを原付の足元に置いた。マジで入るのかよ？

「一匹はうちでもらうよ。あとで迎えに行くから病院が済んだら一度妻に連絡してくれ。ありがとう。助かるよ。絶対にコケるんじゃねえぞ！」

元ヤクザのジジイと妻と俺の三人でオバハンのボロい原付を見送った。頼むから事故らないでくれ。一生寝つきが悪くなる。

翌朝の八時五十分には爺さんとその飼い猫を乗せて、俺の車で動物病院に向かった。生活保護費でも猫一匹くらいは飼えると思うが、避妊手術の意味や外と自由に出入りさせて飼うことの意味が理解できるのか？　まあそのあたりの話は獣医師に頼もう。ヨボヨボの犬を連れたヨボヨボの爺さんの相手とかには慣れてそうだからな。俺は金を出すだけだ。爺さんには検査の金も手術の金もない。一応元ヤクザだし、俺よりずっと年上だから「俺が出すから黙ってろ」では納得しない。立て替えておく、という名目で毎月千円でも二千円でも可能な範囲で店まで返しにこいと、そうすることに決めた。大家はどうでもいい。クソボロい建物だし他に住人もいない。俺が頼めば猫の一匹や二匹なにも言わんだろう。動物病院までの道中は爺さんの武勇伝というより、極道時代の爆笑トークで少し盛り上がった。ユーモアがあるのはいい傾向だ。誰もお前のことなんて知りたくないことを知っている。だからユーモアはサービス精神の表れだ。ジジイは身体もデカくて丈夫そうだし、頭も問題ない。本当に困ったとき、階下の骨董屋のおっさんしか相談できる相手がいなかった、という孤独の正体も理解しているはずだ。

結局、母猫の手術までには少し時間がかかった。最初に診てもらったときはまだ乳が腫れていたからだ。獣医師はうちの猫を十年診てもらってるから信用できる。爺さんにも避妊手術やワクチンの話をしてくれたみたいだ。俺は爺さんとその飼い猫「クロ」を乗せて店のある文化住宅と動物病院を一ヶ月で四回くらい往復したと思う。短い道のりだが、多少はお互いに話をして、理解できる部分も増えた。そして手術が終わり、同じ日の午後に爺さんを乗せて動物病院まで「クロ」を迎えにいったときだった。

「やっぱりつらかったのはね、私が十五かそこらのときに、母親に頼まれて、遠縁の農家に貸し出されたんだ。一年間で四万円だったと聞いた。それが二年続いて、本当に冬はつらくてね、そんなあんた岡山や九州の百姓じゃないんだ。北海道の百姓だよ。それが真冬でも軍手を一組渡されるだけで、飯もろくに食わせてもらえない。世話していた馬と同じものを食ったよ。さすがに三年目も頼まれたとき、いくら母親の頼みでもそれは聞けない、二度とごめんだと断って、東京でヤクザになったんだ」

そうかい、そいつは大変だったな。まだ日本中に貧乏人が溢《あふ》れていた時代だ。俺はそんな時代の人間じゃないが、こういう商売だからな。年寄りの相手もするし、なにより古いものを扱う。だからわかるぜ。そういう時代だったんだよ……いや待てよジジイ。そいつはいつの話だ？　年間四万円の年季奉公だって？

「絶対に忘れないよ。昭和三十年さ。私は十五歳だった」

ふざけんじゃねえぞジジイこの野郎！　あんた今いくつだよ！

「今年で八十三歳になる」

クソったれが！　お前の猫はまだ三歳だぞ！　お前の方が先に死ぬじゃねえか！

「いやぁ、そりゃ私も百歳まで生きられるとは思わないし、生きたいとも思わないよ。しかしあの獣医の先生もあんたも、本当に神様みたいな人だね。優しくて、辛抱強くて、たいした人だと思いますよ」

なにを吐《ぬ》かしてやがる！　このボケナスが！　ようするにあんたが死んだら俺が「クロ」を引き取らなきゃいけないってことだ。クソッ！　クソったれが！　絶対に七十代だと思ってた。こんな身体がデカくて背筋の伸びた八十代のジジイがいてたまるか！

「やっぱり若い頃に鍛えられたのが効いたかな。足だけは少し悪くしたけどね、他はどこも悪いところはないし、私は元気だよ。まったくクロのことはいつかあんたによろしく頼むしかないかな」

うちにきたチビ猫はあっという間にデカくなって、二週間もしないうちにケージを飛び出し、他の先住猫のメシを勝手に食い、トイレも好き勝手に使うようになった。毛並みが整ってくると、光の当たり方によっては真っ黒というより薄《うっす》らと黒よりさらに濃い縞模様が見えるようだった。名前をつけてやろう。母猫と同じ「クロ」じゃあんまりだ。うちの猫はみんな毛色からとった名前をつけている。妻が言った。

「檳榔子黒《びんろうじぐろ》のビン太郎ね」

上等な染物の名だ。

「そういえば、あの爺さんの話、お前にしたっけ？　歳《とし》を尋ねたら、八十三歳だった」

妻の笑い声。少女がはしゃいでるみたいな声だ。少しだけ耳障りな高く澄んだ音色。

「でもきっと、お爺さんに悪気はなかったと思うわ。あなたと一緒。一年後のことだって考えない。今、自分の目に前にあるものが世界の全部。そういう人なんだと思う」

まあお前がいいならそれでいいさ。今さら猫の一匹や二匹増えたところでどうってことはない。ジジイもいきなり死んだりはしないだろう。

婆《ばあ》さんが一人、店の入口の向こうに立っていた。寸足らずの毛羽立った臙脂《えんじ》色のズボンと、同じような感じの上着を着ているが、明らかに問題があった。両手で電子レンジを抱えてる。俺は骨董屋だ。電子レンジは買わない。なのに電子レンジを両手で抱えた婆さんが店の前に立ってる。またイカれたクソ野郎の登場だ。いい加減にしろ。俺の人生をなんだと思っていやがる。嫌な予感しかしないが、いざとなったら婆さんを殴り倒そう。そう心に決めて入口のドアを内側から開ける。婆さんはそのままの姿勢で一歩も動かず、満面の笑みで電子レンジの蓋を開けた。パカッ。中にはキャンディの包みみたいなやつがたくさん入っていた。

「婆さん、俺は子供じゃない。キャンディはいらねえよ」

骨と皮だけになった婆さんの手が無造作にレンジの中身を摑《つか》む。

「ついでに言っとくと、そいつは電子レンジだ。コンセントに挿して、冷めた料理とか、マグのコーヒーなんかを温めるための機械だよ。意味わかるか?」

婆さんはただニコニコしている。いつまでたっても目の前からいなくならないから、仕方なしに包みを受け取った。包みの中身はキャンディじゃなくて、チョコレートだった。そいつを二粒ほど口に放り込むと、婆さんは満足して去っていった。

元ヤクザのジジイは今も毎月二千円と一緒に長芋やらトウモロコシやら米やら牛蒡《ごぼう》やらを持って店にやってくる。ムカつくが長生きしろ。成猫を保護して飼うのは仔猫よりずっと難しいんだ。

宅配便屋の倉庫の仕事は日銭を稼ぐのに一番簡単な方法だ。俺のような得体の知れないおっさんでも、電話をして、倉庫へ行って、なにか書類を二枚くらい書けば、その日のうちに働ける。

ベルトコンベアに載って、荷物が次々と流れてくる。荷札を確認して、自分の担当エリアのやつを降ろし、そいつを足下に積み上げながら、隙を見てトラックの荷台に積んでいく。作業自体は単純だが、赤いビニールテープを巻いた棒切れを持って、怒鳴りながら倉庫の中をウロウロしている野郎が鬱陶しかった。

「もたもたするな！　お前らは時間給の意味がわかってやがるのか？　お前らは立ってるだけで金がかかる！　ボサッとするな。そいつは泥棒と同じだ。お前らはボサッと突っ立って、会社の金を盗んでいるんだ！」

相当にイカれた変態だが、野郎の言う通りだった。やはり世界は狂ってる。

デカいガスボンベが四本、ベルトコンベアに載ってやってくるのが見えた。どうか俺の担当エリアじゃありませんように。だがそいつには俺の担当エリア名の書かれた特別製のタグがぶら下がっていた。デカいガスボンベが四本。こんなのは一人で降ろせるわけがない。トラックの荷台で荷物を整理している運転手に声をかける。

「とんでもねえやつがきたぜ！　手伝ってくれ！」

男は俺と同じくらいの年頃に見えたが、この仕事一筋、本職のトラックドライバーという感じだった。今日初めて会った俺にもいろいろと要領を教えてくれた。親切な男だ。

「あいつは風船屋のやつだな。このルートだとたまにあるんだ。最悪だぜ」

運転手と二人して、必死にボンベを降ろす。一つ取り逃がしたやつは、隣のエリアのやつが降ろしてくれた。そいつに大声で礼を言ってから、走ってボンベを取りに行く。

「おい！　持ち場を離れるな！　お前は泥棒だ！　会社の金を盗んでいる！」

どこかでサディストの叫び声が聞こえたが無視した。ボンベを両手で摑《つか》んでズルズル引き摺《ず》りながら、自分の担当エリアに戻る。

なんで俺がこんな肉体労働をしなきゃならないんだ？　自分でもよくわからない。

ただずっとまともな依頼がなく、儲かる仕事もなかった。店には誰も訪ねてこないし、電話も鳴らない。焦ったりびびってたわけじゃないが、せめて深夜にアルバイトかなにかすれば、収入がなにもないよりはマシだ。なにしろ俺には妻も子供もいる。コンビニエンスストアの仕事はやったことはないが、想像しただけで無理そうだった。難しすぎる。俺は頭が悪い。しかも四十歳をとっくに過ぎている。日雇の肉体労働も本当にパワーの必要なやつは無理だ。身体はデカいが運動なんて何十年もしていない。

しばらくは小包がポツポツ流れてくるだけだった。どうやら山場は過ぎたようだ。こんなペースなら楽勝。少し腰や脚が痛いが、この程度のクソ労働なら普段の買取りでも経験してる。エレベーターのない市営住宅の四階から化石や鉱物標本を車いっぱいになるまで一人で降ろしたり、古い蔵の二階からクソほど狭い階段を使って簞笥《たんす》を十竿以上引っ張り出したこともある。さっさと仕事を終わらせて金を受け取りに行こう。確か朝の六時までやって一万二千円だ。十回やれば十二万。俺みたいな横着者で死人の品物を買取り、右から左に売って楽して稼ぐのが当たり前になっている人間にはクソほどムカつく賃労働だが、寝てるよりはマシだろう。いや、本当にマシなのか？　そいつはわからなかった。だからやってみたんだ。今のところはマシな気がする。

そいつは見たこともないようなデカいダンボール箱だった。高さが俺の身長よりある。長さは倍くらいあった。しかも二つ並んでベルトコンベアに載っている。この世にあんな荷物が存在するのか？　どう見ても建築資材とかそんな感じだ。もちろん特製の巨大な荷札には俺の担当エリア名が書いてある。運転手に声をかけた。

「見てくれ！　なんだあいつは！　とんでもないクソがきやがった！」

運転手は相変わらず冷静だ。その態度には敬意を抱かざるを得ない。このクソ仕事を何年も何十年もやってきた。労働のなんたるかを極めた、本物の男の態度だ。

「車のエアロパーツだ。前にも見たことがある。あんたの言う通り、最低のクソだ」

悩んだり絶望したりする暇はない。たぶんサイコ野郎の設計したベルトコンベアの速度は、宅配便サイズの荷物を扱うことを前提にしている。俺は素早く先回りしてベルトコンベアを飛び越え、反対側に回り込み、デカい箱の横っ腹を思い切り蹴飛ばした。反対側で運転手がそいつを受け止めて、なんとか床に降ろす。立て続けにもう一つやってきた。同じように四回くらい蹴りを入れて反対側に突き落としてやる。

「お客様の荷物は大事に扱うんだ！　そいつがお前らの仕事だ！　泥棒扱いされたくなきゃ、荷物は丁寧に扱うんだ！」

またどこかで変態野郎の叫び声が聞こえた。今度は俺が叫ぶ番だった。

「うるせえんだよ！　ぶっ殺すぞ！」

倉庫では大勢の人間が働いていた。機械の唸《うな》る音、トラックのエンジン音、看守の叫び声、憐《あわ》れな労働者たちの呻《うめ》き。世界の終末を感じる。そろそろ貧乏人専門の神みたいなやつが、この倉庫に断罪の業火を食らわせてきそうだ。資本家やサディストの変態野郎に一発お見舞いして、貧乏人は苦痛から解放される。だが、きっと神はいないだろう。だから俺は時間まで働いて、事務所で一万二千円を受け取った。そして確信した。家で寝てる方がマシだ。

電話の向こうで爺《じい》さんがなにか小さく叫んでいたが、状況はよくわからない。とにかくバカ息子が手配した片付け屋が三日後にやってくる。冗談じゃない。あのバカはなにもわかってないんだ。今日、今日中だよ。もう時間がないんだ。すぐに来てくれ。電話を切ってからマンションの住所を携帯電話で検索する。道順はすぐにわかった。グーグルの地図なら敷地内のどこに車を停《と》めるか、エントランスやエレベーターの位置もだいたいわかる。ついでに不動産屋のウェブサイトを見ると、そのマンションの空室が九八〇〇万で売り出されているのがわかった。金持ちの爺さんだ。

部屋はマンションの五階だったが、既に息子夫婦が慌ただしく玄関の外までダンボールを積み上げていたので、表札を確認する必要はなかった。二人とも俺より若く見える。だがその父親は俺の親よりずっとヨボヨボだ。依頼者の爺さんは片付けの真っ最中でくしゃくしゃに散らかったリビングのソファに横たわり、一人では起き上がれないようだった。ひどく痩せていて、顔色も紫っぽいし、死期は近そうだ。きっと息子夫婦と同居するか、施設か病院送りになるんだろう。べつに家族インタビューをする必要はない。爺さんは息子に悪態を吐《つ》きつつ、あれこれと指差して、俺に絵を運んでくるよう指示した。

爺さんにとって「どうしても」という重要なやつがいくつかあった。まず三十年前に二百万で買ったリトグラフ。この手のやつは大抵数万にもならないが、それは人気のある希少なやつで、一目見て今でも五十万で売れるやつだとわかった。次にスペインの現代画家の肉筆で、これは日本では全然人気がないので十万にもならないが、三十号くらいだったので買ったときは五百万以上しただろう。それからSという有名な坊主に何かの記念にわざわざ描いてもらったという十号くらいの日本画だ。デカくて重い額絵が三つ。爺さんはそいつを自分の寝そべったソファの前まで俺に運ばせると、いちいちその思いを語った。死にかけているが、息子に対する怒りと苛立《いらだ》ちのせいか、声にも喋《しゃべ》りにもまだ勢いがある。

「ちゃんと見てほしいんだよ。わかるだろ？　ゴミにしていいようなものじゃないんだ。それをあいつは産廃屋なんか呼んじまって、なにを考えてるんだか。バカも大概にしろってな。あんたならわかるだろう？　しっかりしたモンなんだ。震災でほとんどなんでも諦めてここに越してきたが、そいつをあのバカは……」

爺さんの言い分はわかった。よくある話だ。だが息子にしてみればこのマンションを売れば九千万なんだ。中身なんてどうでもいいに決まってる。

「絵についてはわかったよ。あとでちゃんと値をつける。他にもそこらに転がってるやつを取っても構わないか？　小マシな箱に入ったやつや、百貨店で買ったらクソ高そうな食器がたくさんある。ここを空っぽにするつもりなら、買えそうなものは全部買っていくぜ」

実際こいつは久しぶりに当たりの仕事だ。絵はさておき、売れそうなものがそこら中に放ってある。古いものは一つもなかったが、人気作家の茶道具や海外ブランドの食器、記念品や贈答品の類いもそこらの中小企業の社長レベルじゃない。爺さんは俺が知らないだけで、現役時代は相当稼いでいたそれなりの有名人だったのかも知れない。

「そんなのはもう全部好きにしてくれ。ほとんどは死んだ女房のやつだ。あとは誰かに貰ったものだと思う。あんたが儲かるように好きにしてくれていい。どうせあのバカが全部捨てちまうんだ！　なんでも持っていってくれ」

そいつは助かる。俺は目についた品を高く売れる順に片っ端からかき集めた。

ソファに横たわった爺さんの前に、車に積める限界の量まで荷物を積み上げてから、息子を呼ぶ。爺さんが叫んだ。

「お前は引っ越しの準備でもしてろ！　お前にはなにもわからないんだ！　さっさと必要なものを片付けろ！」

相当な剣幕だが息子の方は慣れたもので〝よろしく頼みます〟という具合に軽く俺に目配せをして、すぐに去っていった。たぶん日用品や衣類を運んだり、書類やらを整理したりしているんだろう。

「爺さん、よく聞いてくれよ。絵はな、お気に入りのこいつはたぶん五十万くらいにはなると思う。同じ作家のやつは山ほどあるが、こいつは一番人気のあるやつだ。だが他の二つはせいぜい数万にしかならん。出来不出来の問題じゃない。品の良し悪しと売り買いする値段ってのは関係がないんだ。値段は人気と需要で決まる。だから買ったときの値段は忘れるしかない。オーケー？」

俺は何百回も同じセリフを言ってきた。八〇年代や九〇年代に百貨店の美術部や外商で買った品をしこたま持ってる年寄りには残酷な言葉だが、事実なんだから仕方がない。

「プロのあんたがそう言ってるんだ。私は信じるしかないよ。あれこれ頼んでる時間もないしな。それで？」

こいつは当たり前のことだが、爺さんにとってもう金なんかどうでもいい。どうせもうすぐ死ぬし、現金だって腐るほど持ってる。ただ認めてほしいだけなんだ。

「こっちに山積みしたやつは、全部そこそこ売れるやつだ。数千円から数万くらいのもんだが、数が多いからな。全部きれいに売れれば、こいつらだけでも三十万にはなる。俺は嘘《うそ》は吐かないし、こっそり泥棒したりもしないから安心しろ」

爺さんがまた小さく叫んだ。

「そうなんだよ！　あのバカはなにもわかっちゃいない！　産廃屋やリサイクル屋な

んて頼んだって、連中はなにもわかりはしないんだ！　金を請求されて、絵も美術品も全部泥棒されるようなもんだ！　そんな人をバカにした話があるか！」

本当なら爺さんの思いや気持ちの強いものは買取らない。それが俺のやり方だ。だがこの爺さんは数年先だか数ヶ月先だかわからないが、もうすぐ死ぬ。それまでの期間を過ごす場所に持っていけるものはほとんどない。きっとデカい絵を飾るスペースなどないどこかへ連れていかれる。

「俺の見立てでは、全部売れば八十万から百万くらいにはなると思う。もう少し幅はあるかも知れないが、だいたいそんな感じだ。さっき言ったように買ったときの金額は忘れてくれ。今どき数十万で売れる品があっただけでも奇跡に近い。もっと悲惨な品は山ほどある。ラッキーだった、あるいはあんたや奥さんの趣味が冴《さ》えていたかだ」

俺が話している間も爺さんはあれこれ指差してあれも持っていけこれも持っていけと呟《つぶや》いていたが無視した。このクソ暑いのにマンションの五階からこれ以上たくさんの荷物を運びたくない。俺は引っ越し屋の学生バイトじゃないんだ。運動不足のおっさんが一人でやれる作業には限界がある。

「だがな、悪いが俺が払うのは二十万だ。二十万で売ってくれ。交渉はしない。嫌ならやめよう。俺は強盗じゃない」

顔色が悪すぎて爺さんの機嫌は読み取れなかった。だが不満はあるだろう。お前も泥棒と一緒だ！　死ね！　そう叫びたかったかも知れない。

「なあ爺さん、あんたはずいぶんと身体が悪そうだが、頭ははっきりしてる。全然ボケてない。だから説明するよ。儲けさせてくれって話さ。俺には妻がいて、小学生の娘もいる。儲けた金で家族が飯を食い、娘はデカくなる。三途《さんず》の向こう側には、どんな品も持っていけない。だが品物を売った金も同じように持っていけないんだ。二十万は三途の渡し賃だよ。他にも子や孫がいるなら、そいつらと一緒に飯でも食ってくれ。俺の言い分が気に食わないなら取引はやめよう。まだ一日ある。他の業者を呼べ」

相変わらず死人みたいに痩せこけて、紫色の顔をした爺さんの感情は読みにくい。べつに息子と同じように怒鳴ってもらっても構わなかった。俺は品物の見立てから、今の一般的な売買金額、値付けとその理由まで、全部正直に話してる。負い目はない。

荷物は一旦全部エレベーターの前まで運んだが、額絵がデカくて重いからそれだけでも重労働だ。何往復もして汗まみれになった。こいつをエレベーターで降ろして、またエントランスの向こうに停めた車までひたすら往復することを考えると吐きそうになる。最後の一山を抱えて玄関を出るとき、爺さんが息子に支えられながら、見送りに出てきた。

「まったく買ったときにはえらく高かったもんだけどな。しかしあんたは正直な人だね。もう私には死ぬこと以外なにもすることがないってのは傑作だった。その通りさ。毎日寝る前に明日こそは目覚めませんようにって祈ってるんだ。気に入ったよ。ちゃんと儲けなさい」

もう品物を全部買取った、しかももうすぐ死にそうな相手に気に入られたところで何の得にもならないが、儲けさせてもらったのは事実だ。俺が見立てを間違えることは滅多にない。だから買った時点で仕事の大半は終わってる。

「ありがとう。儲けさせてもらうよ」

あとはひたすら単純な肉体労働だ。汗まみれになって、ゲロを吐きながら車に荷物を積み込み、エアコンを全開にして車を出す。爺さんにはあんなふうに話したが、俺は家族のことなんて考えていない。生命保険に入ってる。商売がダメになったら死ねばいい。惨めで悲しい気持ちになるかも知れないが、それだけだ。妻や娘の悲しむ顔を想像したりもしないし、俺の世界では俺の意思より大切なものは存在しない。俺は筋金入りのクソ野郎だ。結婚しても子供ができてもなにも変わっちゃいない。それでも窓とエアコンを全開にして、荷物で重くなった車を走らせていると気分がよかった。場末のケチな道具屋だ。儲けなんてたかが知れてる。だが妻は俺の少しだけマシだった今日の仕事を喜んでくれるだろう。そんな母親の様子を見て、娘もきっと同じように喜ぶ。いい気分だった。爺さんの方が上手だったな。自分でも不思議なくらい、本当にいい気分だった。

こいつについては話すと長くなる。とても一万字や二万字で書けるとは思えない。俺は若い頃に酒をやり過ぎて頭の中がくしゃくしゃになってる。記憶の糸を手繰り寄せても抜けている部分の方が多いし、時系列は最初からめちゃくちゃで、支離滅裂な物語にしかならない。俺は歳《とし》をとって過去を忘れたわけじゃない。当時からほとんどの記憶がなかった。毎日、もう目覚めないつもりで酒を飲んだ。明日はない。今日死ぬ。だが必ず翌朝には目が覚めた。なにかを思い出すより先に酒を飲み始める。それの繰り返しだ。たぶん五年か六年。妻と出会うまでの道のりは長い。

いつだったか、西麻布のバーで朝まで飲んでいた。もうかなり重症だったから、飲みながら鼻血は止まらないし、スツールに座ったまま小便は垂れ流しで、臭くてボロいジーンズはびしょ濡れだった。いつもは店の人間が誰か女を呼んでくれた。都内に住んでいて、俺の酒代を払ってくれるやつが何人かいたんだ。店の常連客でテレビ局に勤めている女や水商売の女なんかだ。そのときは、たまたま誰とも連絡がつかなかったのか、ついに全員から愛想を尽かされたのかわからない。とにかく勘定はいいからと店を追い出され、二度と来ないでくれと釘を刺された。

雨が降っていた。ポケットの小銭で酒を買う。三七五mlのジンを買う金がなかった。仕方なく缶チューハイみたいなやつを飲みながら、渋谷の駅まで歩いた。べつにそこに用があったわけじゃない。ただ歩いただけだ。スクランブルの手前にある地下鉄の出入口に着いた。帰る家も仕事も金もなかった。ただ酔っ払ってぼさっと突っ立っているほかに、なにもすることがなかった。

地下鉄の出口から大勢の人間が吐き出されていく。しこたま酔っ払って、全能の千里眼みたいに感覚の鋭くなった俺は、その何百人、何千人もの顔に、いちいち悲しみと、怒りを覚えた。誰もが悲しみから逃れるために、悲しむことを忘れてしまっているように見えた。生き延びるために殺し合い、奪い合う。そいつに苦しみながら、心を閉ざし、魂を曇らせ、とっくに自殺しちまっている自分に気付かず、ただ、歩みを続ける。墓場の処世術だ。湿った地面の下で腐っていく肉体と精神。肥溜《こえだ》めの底の死体。俺は真っ黒いゲロを撒《ま》き散らし、その場にしゃがみ込んだ。

赤いシャツと黒いナイロンのジャンパーを着た、へんなデブが立っていた。パチンコ屋の店員みたいな格好だ。そいつが、ゲロを撒き散らす俺を見下ろしながら、ペットボトルのお茶をグビグビ飲んでいる。凶暴そうな野郎だ。俺を殺すつもりか？　俺も充分に不潔でゲロと小便臭い男だが、そいつからはもっとひどい臭いがした。湿った雑巾のような、殺し屋の臭いだ。

俺は想像した。そいつの腹に気合いの入ったパンチを一発お見舞いする。渾身《こんしん》の一撃だ。力み過ぎて糞《くそ》が漏れるかも知れない。だがきっと分厚い腹の肉のせいでデブはビクともしないだろう。逆に俺は怒り狂ったデブの反撃で蹴り倒され、マヌケな格好で仰向けにひっくり返る。デブが馬乗りになって、そのぶっとい両腕の先についた丸っこい拳で何度も俺の顔面を殴る。殴られるたびに後頭部が固い地面に叩《たた》きつけられ、俺は死ぬ。へんなデブに殺される。まあ、誇り高い人間としての死だ。最悪ってわけじゃない。

だがデブの殺し屋はペットボトルのお茶を飲み終わると、しっかりとキャップを閉めて、どこかへいなくなった。俺に同情したか、殺す価値もないと思ったのかも知れない。とにかく俺はへんなデブに殺されなかった。雨の中、スクランブル交差点を渡る。ファストフード店のガラス窓に自分の姿が映っていた。小便まみれのジーンズは膝も裾もほつれて今にも千切れそうだ。茶色の革靴はイギリス製で、昔どこかの女が買ってくれた。上着はアメリカ製だがゲロと鼻血まみれで裏地もついていない。大きなガラス窓に映った自分の姿が半透明に透けていた。こいつは俺の亡霊か？　俺も行列の一員で、どこかロクでもないところに行進中なのか？　怒りが湧き上がる。ムカつき過ぎて思わず声を上げた。

「ナメるんじゃねえ！　殺せるもんなら殺してみろ！」

冷たい雨の感触。俺の世界、俺の肥溜めの中に、なにも見つからない。ムカつく糞が詰まっているだけだ。また真っ黒なゲロがバケツ一杯くらい出た。こいつは何だ？　酒で焼かれて死んだ消化器の組織や細胞のカスが溢《あふ》れてきているのか？　俺は酒で死にたいわけじゃない。絶望したくないだけだ。なのにそいつが目の前にある。いくら飲んでもいなくならない。俺の魂が粉々にされる。出番のないままの愛が、肥溜めの底に一人ぼっちで寂しそうだ。じっとしていよう。きっとまだ死なない。


そいつは閃《ひらめ》きだった。尻のポケットにはぺたんこの革製のケースがあり、そこに銀行のキャッシュカードとクレジットカードが一枚ずつ入ってる。どうせ口座に金は入っていないだろう。だがクレジットカードは？　何年か前に、川崎にあるコンパクトディスクを作る工場で働いているとき、ネットで申請して作った。その頃はまだ家賃を払って築六十年くらいの倉庫の二階（屋根板がなく、梁《はり》が剝き出しの部屋はゲジゲジだらけだった）を借りてそこに住んでいた。カードを作ったのにはなにか目的があったのかも知れないが、憶《おぼ》えていない。工場の仕事は最悪で二ヶ月も続かなかったが、倉庫の二階にカードは届いた。こいつで支払いをすることができる。どういう契約かまったく記憶にないが、キャッシングとか、そういうので少しは現金を引き出すこともできるだろう。請求は一ヶ月か二ヶ月先だ。きっとその頃には俺はもう死んでる。いいアイデアだと思った。

まず交番の隣にあったコンビニのATMにカードを挿《い》れてみた。試しにキャッシングを選んで五万円と入力すると金が出てきた。もう一度同じ操作をすると、また五万円出てきた。そいつをびしょ濡れで鼻血とゲロまみれの上着のポケットに放り込み三七五㎖のジンを買う。スクリューキャップを捻《ひね》って透明な液体を身体に流し込むと力が漲《みなぎ》ってきた。頭も冴《さ》えて集中力が増してくるのがわかる。行き先は？　二年前か三年前か、もっと前だったか、女の顔も名前も思い出せないが、石垣島のリゾートに二人で行ったことがある。もちろん俺の金じゃない。既に俺は今と同じ酔っ払いだった。俺はコテージの前のビーチで朝から晩までずっとウォッカトニックを飲んでいたと思う。そのうち女がレンタカーを借りてきて、ドライブをした。濃い緑の森の中を走った。車を停《と》め、草むらをかき分けて十分も歩くと、少し波の高い、白い砂のビーチに出た。波は少し濁ったような明るい水色で、複雑な動きで寄せては砕け、また引いてを繰り返していた。女が波打ち際ではしゃいだ声を上げる。俺は酒を飲みながら女を眺めていた。素晴らしい景色だった。彼女は清潔なシーツみたいに滑らかで冷たい肌をしていた。いつも全身が消毒されたみたいに清潔で、長い髪からはいい匂いがして、抱きしめるとさらさらした冷たい感触が気持ちよかった。胸が締め付けられるような思い出だ。もう名前も顔も憶えていない。その後、彼女や俺になにがあったのか、思い出すこともできない。ただ、素晴らしい時間だった。あんなに美しい景色も知らなかった。

宇田川町の路地で固形大麻を売ってるイスラエル人みたいなやつがいた。

「チョコレート？」

俺はちょっとした有名人だった。この辺りのバーは大概出入り禁止だったし、外国人の集まるクラブでも無一文で酒を飲んでは暴れて、だいたい出入り禁止だった。

「バカ野郎。旅行代理店だよ。飛行機のチケットを売ってるところさ。知らねえか？」

バカ野郎がサッと視線を逸《そ》らして素通りしようとするから腕を摑《つか》んだ。

「いいか、俺は酒が一番身体に合ってるんだ。大麻やドラッグは必要ない。酒だけでパーフェクトにキマる体質だ。どっかにあるだろ？　旅行屋だよ」

アテにはならないが、まあ道玄坂ってのは間違いなさそうだった。これだけ人がうじゃうじゃいるんだ。この町にはなんでもある。そこで沖縄行きの片道チケットをクレジットカードで買う。文句なしに素晴らしいアイデアだ。酒の酔いとは違う、特別な高揚感があった。

眠るなんて感覚はもう何年も忘れていた。酒を飲み、いつか気絶したときがその日の終わりだ。寝床など決めたところで意味がない。だから最初は那覇《なは》の国際通りから海に向かって少し離れたところにある、野良犬と浮浪者のたくさんいる公園で寝た。そこは少し歩けば観光客向けなのか地元の子供向けなのかわからない、小さなビーチがあった。汗や服の汚れが気になってきたら、服を着たままその海に入ればいい。さらに少し行くと、どう見ても観光客向けには見えない、ボロいスナックや飲み屋、風俗店なんかのある薄汚い繁華街があった。そこでいい店を見つけた。六十歳くらいのおっさんが一人でやってる居酒屋で、近所のジジイや水商売の中年女がやってくる、カラオケ付きの小さな店だ。俺は浮浪者みたいな格好だったが、おっさんは特に気にする様子もなく、酒もつまみも出してくれた。何度か通ううちに、もう酒は自分で持ってこい、お通し代だけでいいと言われた。俺は一升瓶の泡盛をペットボトルに分けて入れ直し、そいつを持ち歩くことにした。この島ではジンもウォッカも手に入りにくいし、泡盛よりずっと割高だ。金をケチって一日でも長く生き延びることに意味はなかったが、泡盛だろうとジンだろうと、透明なスピリッツなら俺の魂は損なわれない。おっさんの店の会計は、いつも二五〇〇円だった。アボカドのスライスがお通しで出てくる。その代金だ。俺はペットボトルの泡盛を飲み、二五〇〇円を払う毎日を続けた。いろいろな人間に声をかけられ、他の店に連れていかれたり、朝までずっと公園で話したりしたが、誰とも親しくはならなかった。俺の酒はそういう酒で、意識のある限り常に酔っ払っていたから、つまり、俺はそういう人間だった。

あるとき二五〇円の店のおっさんから、宿を紹介された。いい加減に俺が臭すぎたか、服が汚すぎたからだろう。知り合いの夫婦がやっていて、一泊一八〇〇円だという。一週間まとめて払うとさらに少し安くなる。話を聞くと急に白いシーツやシャワーの感覚が懐かしくなった。俺に贅沢《ぜいたく》を愉《たの》しむ趣味はないが、たまには悪くない。身体の方は順調に壊れ続けて、真っ黒なゲロは定期的にバケツ一杯くらい出た。脳みそはずっと泡盛のプールに浸かったままだ。場末の夜の街で息絶える前に少し休もう。おっさんにそう告げると宿に連絡してくれた。店から歩いて十分かそこらだという。それから簡単な地図を書いてくれた。夜中の十二時くらいまでは、オーナー夫婦や宿泊客がロビーで飲んでるから、今からでも構わないらしい。まだペットボトル二本分の泡盛が残っていた。

「ありがとう」

それだけ言って二五〇円を払い、おっさんの店を出た。そろそろ夜でも上着が暑苦しい。裏地のないペラペラのやつだが、もう必要なさそうだ。これから本格的な夏がきて、それが過ぎるまで俺が生きてるとは考えにくい。上着は公園のゴミ箱に捨てた。ペットボトルを尻のポケットに入れ、もう一本を片手に持ち、紹介された宿に向かう。一人で海を見ながら過ごしたい。そのためにここまで来た。このまま飲んだくれていると、その景色まで辿《たど》り着けそうにない。

ロビーには若い女の旅行客が二人、それと地元の人間だという小柄な中年男のオーナーとその妻らしい女がいた。オーナーの男はとにかく陽気なうえに、若い女の客がいるものだから舞い上がって、めちゃめちゃに酔っ払い、大声で下ネタを連発しては隣の奥さんに殴られていた。

「達さんの紹介の人？　ヤマト？　男前のアウトローだって。すごいよこれは。荷物は泡盛だけ？　そのペットボトル？　最高！　いい男！」

俺は一人で海を見ながら酒を飲みたかった。だが少し休憩だ。

「もう何ヶ月も服を洗ってないし、べつのやつも持ってない。少し休みたいんだ。シャワーも浴びたい」

オーナーの男がなにか叫ぶ前に、奥さんの方がノートを出してきた。

「宿帳ね。書けるところだけ書いて。今日からってことでいい？」

くしゃくしゃになった札を数えて金を払う。シャワーと洗濯機の場所を教えてもらい、ベッドが二つだけ置かれた小さな部屋に案内された。

「今はあなた一人だから。ここで。お酒飲んで暴れたりしない？」

奥さんの方は旦那とは対照的に恰幅《かっぷく》がよく落ち着いた雰囲気だった。

「酒は飲むけど、暴れたりはしないと思う。もう何年も酔っ払い続けてるが、たぶん大丈夫だ」

　服を着たままシャワーを浴びていいか尋ねると、他の客の忘れものがいくらでもあるから、シャツと半ズボンは好きなのを使っていいといって、奥さんがダンボール箱を二つ持ってきてくれた。サイケデザインのダサいTシャツとカーゴ風の大きなポケットがついた半ズボンを選んだ。下着はなかったがべつにどうでもいい。ベッドの上にペットボトルと金を置き、もらった服を持ってシャワーを使った。頭から熱いシャワーを浴びながら服を脱ぐ。そいつを足で踏み潰すと濁った茶色の汁が出た。石鹸《せっけん》はなかなか泡立たない。それでもしつこく頭に石鹸を擦《こす》り付け、濡れた服を何度も踏み続けた。

＊

　その島に居着いてしまったのは、他にはもう行くところがなかったし、素晴らしい海岸があったからだ。最初は那覇の宿の陽気なオーナーの勧めだった。最近地元に帰ってきた島の男がダイビングショップと民宿を始めた。若いやつに人気で、寂れた離島にも少しだけ活気が戻ってきた。那覇からフェリーで二時間。活気といっても観光客は日に数人だ。数件の民宿と売店が一つ。人口は二百人ほど。あんた向きだよ。売店は割高だが酒も煙草も買えるからね。

美しい島だった。集落は一つしかなく、宿や売店もそこにある。島の八割は原生林みたいで、東側に大きなビーチがあり、西側にも小さな隠れ家のようなビーチがいくつかあった。夏には日帰りの海水浴客もくるが、大半はダイビング目当ての泊り客らしい。俺が紹介されたダイビングショップに居たのは数日だけだ。オーナーは色黒で筋肉の塊みたいな体格の無口な男で、俺は気に入ったが、他の客はヒッピー気取りのバックパッカーみたいのばかりだった。そっちは俺の好みじゃない。

俺は売店で買った泡盛をペットボトルに詰め替え、そいつを何本もビニール袋に入れて島中をほっつき歩いた。東側の広くてきれいなビーチが気に入った。だがそこは島で一番の人気スポットだ。日中はいつも人がいる。その海岸をずっと北向きに歩き続けると、島の北端に着く。その辺りは岩場だらけで、潮が満ちていようが引いていようが、海へ入り、波をかぶりながらじゃないと進めない。その先にいい感じの窪《くぼ》みがあった。岩が複雑に重なり合って、小さな洞穴みたいになっている。満潮でもそこまで波は上がってこないし、多少海が荒れていても平穏に過ごせそうだった。集落からは歩いて一時間半以上ありそうだ。きっと誰もここまでは来ないだろう。

俺はその場所で酒を飲み、ちびちびと煙草を減らしながら、海を見て過ごした。食い物は買いだめしたひまわりの種だけだ。天気のいい日は海にも潜り、南の島の気分も満喫した。週に一度くらい集落へ行って、酒と煙草を買う。ついでにマッチョのダイビングショップに顔を出すと、無口な男は歓迎してくれた。好きなだけ酒を飲み、食い物もいろいろと出してくれた。俺はもう客じゃない。浜の北の洞穴で暮らしてる。男は正真正銘、島の男だったが、べつに若いやつを集めて島を盛り上げようとか考えているわけではないらしい。他に島で稼げる方法が思いつかなかった。最近は若いやつ向けのこんなのが流行《はや》ってるらしいから、自宅を自分で改造して始めただけだ。俺も酔っ払いのガキにはうんざりしてるよ、と無表情に語った。

岩場の高いところに登って一人で酒を飲みながら、真っ青な海と足元の岩場で上がる白い波濤《はとう》、遠くでぷかぷか浮かんでる若い海亀なんかを見ていると、ふと人恋しくなることがあった。だがもう遅い。そういう段階はとっくに過ぎている。後悔はなかったが、大声を上げたくなるし、そこから飛び降りてしまいたくもなる。そんなときはいつもの二倍のスピードで酒を飲む。胸の張り裂けるような、締め付けられるような、断片的なたくさんの記憶。その小さな物語の欠片《かけら》を集めては頭の中の引き出しに仕舞っていく。

いつだったか、集落へ戻り、買い物をしたついでに、いつものようにダイビングショップに顔を出すと、ワイルドマッチョがチョッキ銛《もり》という道具をくれた。ツキンボの漁師が使うような年季の入った四メートルくらいあるやつで、シンプルだが本格的だ。それからテグスや釣り針、ゴーグルや小さな折りたたみ式のナイフもくれた。

「退屈だろう？　たまには魚も食え」

練習する時間はいくらでもあるし、もう寝床の周りの海や潮、岩場の地形は全部憶えている。魚獲りか。考えてもみなかった。案外楽しいかも知れない。

「練習するよ。でも島の人間は勝手に魚を獲ったらキレるだろ」

俺はなんとなく気付いていた。たまに小型船が寝床の前を通ることもある。島の人間は俺の存在を問題に思ってるはずだ。でもきっとこの男の知り合いだということで見逃されている。

「貝を獲られるよりマシだ。魚はお前が食ったくらいで減らない」

なるほどね。ありがたく借りることにした。


洞窟で原始人みたいに暮らすのは悪くなかった。島の魚はのんびりしているのか、素人の俺でも簡単に獲れるやつばかりだ。だが食い物になるのは、ある程度大きくて、錆《さ》びたナイフでもバラすことができ、二、三本の流木の火で焼ける身のやつに限られる。最初のうちはそのへんの塩梅《あんばい》がよくわからず、獲ってもほとんどダメにして、仕方なくテグスに針をつけただけの簡単な仕掛けの餌にした。夜はそいつを海へ放り投げて、テグスを適当な岩にぐるぐる巻きにしておく。朝には何かしら釣れていた。白っぽい身体に黒い線の入ったサワラの太ったやつみたいのが、美味くはないがバラすのも簡単で、すぐに焼いて食えることがわかった。相変わらず酒は飲み続けていたが、毎日海へ潜ってひまわりの種と焼いた魚を食っているうちに、生きることが当たり前になっていた。潮の速い日や水の濁ってるときは海に入らない。ただ酒を飲んで過ごす。寝床は改良した。砂浜にそのまま横になると、夜は蟻《あり》とヤドカリのオバケみたいのが大量に集まってきて鬱陶しい。集落の売店でビールケースみたいなやつをもらって、少しずつ穴ぐらに運び込み、そいつを並べた上に汚れた服を敷いてそこで寝た。

不思議な天気の日だった。空は少し曇って重いのに、うねりもなく海は澄んでいる。夕方だった。俺はビーチの入り口近くにある水道で、ペットボトルに水を注いでいた。そこからはビーチが一望できる。長いビーチには誰もいなかった。風の音もしない。海は穏やかというより、時間が止まってるみたいだった。こんなのは初めてだ。それであの岩場へ行ってみようと思った。いつも波がぶつかって複雑に潮が巻いてるから、あまり近づけないし、少し深くなったその反対側まで行っても潜ることができない。平坦な遠浅の海で獲れる魚は決まっていた。なによりもあの少しだけ暗くて水温の低い場所がどうなっているのか知りたかった。水道の水で満タンにしたペットボトルを持って穴ぐらの寝床へ戻るときも、ずっと空を見ていた。雲が速いわけでも、空が特別暗いわけでもない。雨の気配や荒れる気配もない。砂浜から見ると、少しだけ潮目の位置が普段より近い気もしたが、とにかく湖みたいに静かだ。寝床に戻って、まだ明るかったら、潜ってみよう。もし暗くなっていたら、釣りの仕掛けを降ろそう。それに酒を飲む必要もある。水を汲みにいって汗をかきすぎた。ぬるい泡盛で頭の血液を冷やすんだ。

一目見て、今まで見たことのない魚の群れだとわかった。白っぽくて体高があり、大きい。岩場に張り付くようにして、しばらく様子を見ていたが、魚にも見られているような気がする。だが群れの速度はひどくゆっくりしたものに感じた。次があるかわからないが、後ろから近づくと逃げられそうな気がして、一度浮上して呼吸を整えてから、岩場に沿ってゆっくりと移動してもう一度潜り、さっきとは違う角度で銛を構えて岩に張り付いた。斜め前からゆっくりと群れが近づいてくる。見られている。だがまだ安全だと思っている。もっと群れが近づくのを待ちたかった。息の続く限りじっくりと観察して、確実に仕留めたかったが、予感があった。群れは急反転する。俺の二メートルか三メートル手前で急に速度を上げて逃げてしまう。その可能性を想像した瞬間に俺は足場にしていた岩を蹴り、同時に銛を突き出していた。銛の先端が外れて、結んだテグスから魚の強い抵抗を感じる。力を抜き、自然と身体が浮き上がるのに任せた。右手のテグスに生命を感じる。今までで一番の大物だ。感触でわかる。釣りと違ってこの時点でもう魚は逃げられない。テグスは五十キロでも百キロでも耐えられる太さだ。

きれいな魚だった。白っぽい身体が所々青や黄色にキラキラと輝いていた。港の掲示板で見たことがある。ハマフエフキ、タマンってやつだ。六〇センチくらいあった。銛先は斜めにエラを貫いている。鱗《うろこ》を剝ぐのすら惜しいと思ったが、まだ息があるように見えたから、錆びたナイフで頭の後ろに切り込みを入れて殺した。海で血を流し、洗う。ペットボトルの酒をいつもより多めに一口飲んだ。もう一口、さらにもう一口。五〇〇㎖のペットボトルの半分くらいを一気に飲んだ。こんな感情は久しぶりだった。喜び。そして誰かにそれを伝えたかった。自慢したかった。何年も忘れていた感情だ。俺は日の落ちた海に向かって叫ぶのはやめて、もらったテグスを魚のエラにぐるぐると何度も通し、そいつを結んで右手にぶら下げ、集落に向かって暗い砂浜を歩き始めた。

ビーチから集落へ続く山道も、集落自体も真っ暗だった。ダイビングショップの裏口から入り、いくつかあるシャワー室の間を抜けると、どこからか野獣の唸《うな》り声みたいのが聞こえた。どうやらマッチョオーナーが奥さんとセックスしているようだったが、その話はやめておこう。俺の人生とはあまり関係がない。とにかく俺はボロいテーブルが二つと、安っぽいプラスチックのイスがいくつかあるダイビングショップ兼民宿のロビーにたどり着き、その今にもぶっ壊れそうなイスに腰を下ろした。ロビーには俺以外に三人いた。若い観光客っぽい女が二人と、ヒッピー風の男だ。俺は右手に魚をぶら下げてペットボトルの酒を飲みながら、野獣のセックスが終わるのを待っていた。

「島の方ですか？」

ヒッピー風の男が話しかけてくる。俺はクソみたいな酔っ払いで、洞穴に住んでる死にかけの男だ。おまけに借金も二十万ある。説明するのが面倒だった。

「違う。ここのマッチョに魚を持ってきた」

男は少し酔っているふうだったし、女二人もはしゃいでるようだったが、それ以上会話は続かなかった。俺は右手の感触を楽しみながら、酒を飲み続けた。

「よう。タマン？」

やっとロビーにやってきた色黒のワイルドマッチョが感心したように言った。

「たぶん。こんなデカいのを突いたのは初めてだ。何匹か群れでゆっくり泳いでたんだ」

べつに誉めてほしかったわけでもないが、だいぶん気が済んだ。

「全員分の刺身ができる。あんたらも今日は飯はこいつの奢《おご》りで、酒は俺の奢りだ」

マッチョが青くてきれいなボトルをくれた。客の忘れ物だという。ボンベイ・サファイア。そんな高級なジンを俺は自分で買ったこともないし、店で注文したこともない。久しぶりのジンの感触に身体が震えた。冷たい。飲めば飲むほど身体が冷たくなる。そして頭が冴える。全能の千里眼。パワーアンプの出力は最大で、何キロも離れた洞穴の暗がりにいるヤドカリの足音まで聴こえるし、そいつをこの場にいたまま噛《か》み殺すこともできそうだった。

「お兄さんはどこの人？」

観光客っぽい女の小さい方だ。やはり説明するのが面倒だった。

「ただの酔っ払いだよ。貧乏だからビーチのずっと向こうにある岩場で寝泊まりしてる」

俺は人の顔を憶えるのが苦手だし、そもそも相手の顔をあまり見ない。女が誰なのかどうでもいいし、旅行者の浮かれたテンションも好きじゃない。

「身体は大丈夫？」

奇妙な言い方だった。南の島でどんちゃん騒ぎをしているんじゃなかったか？　お前は誰だ。

「さあ。たぶん。でも今まで一度も死んだことはない」

女を見る。思っていたより小さい。小学生か中学生くらいに見える。だが髪型や服装は普通の女のものだ。身体が小さいだけで、幼いという感じはしない。大きな黒い瞳。それ以上言葉を繋《つな》ぐのが面倒で煙草に火をつけた。

「すごくきれいな脚。馬とかそういう動物みたい。お酒、どれくらい飲むの？」

奇妙な感じ。こいつはヒッピー気取りのバックパッカーではないし、尻軽の旅行者でもない。ごく普通の、二泊三日とかそんな感じの観光客に見える。俺と話すことなど何もないはずだ。

「いつから、何が始まったのか、もう憶えてないんだよ。今日はいい魚が獲れたから、島で唯一の知り合いのところに持ってきた。自慢したかったんだ。他のことはよくわからない」

目の前に屈《かが》み込んだ女の手が俺の頰に触れる。冷たい手だ。濡れた感触。俺は泣いているようだった。大きな黒い瞳が覗《のぞ》き込んでくる。

「病気でしょ？　あなたはすごく大きくて強そうだけど、そんなに飲んで生きていられるわけない。知ってるの。何人も見てきたし、今でも見てる」

へえ。もう話すことはなかった。泣いている自覚はないが、なんとなく格好が悪いし、女が何者だろうと、説明のしようがない。なにより俺は哀れな病人ではなく、酔っ払いのクソ野郎のまま死にたかった。美しい思い出はもうたくさんだ。ジンの酔いは俺を勇敢にしてくれる。問題ない。放っておいてくれ。

それが妻との出会いだった。彼女はその後、三回か四回、洞穴に俺を訪ねてきた。俺は十月まで島で生き延びた。最後に彼女が訪ねてきたとき、内地行きのチケットとフェリー代をくれた。俺は彼女に言った。もう死ぬ以外になにもすることがない。俺はこの生命を充分に使った。もう使い途《みち》がないから、なにかお前に望みがあるなら聞くよ。好きに使っていい。そして彼女は言った。結婚しよう。十年かかっても二十年かかっても構わない。まずは病院に行って。精神とアルコール、薬物が専門の私の勤め先でもいい。何年でも休んで。それから働くことを憶えて、いつか両親に紹介するわ。俺は二十九歳で、彼女は二十四歳だった。結婚したのはそれから六年後だ。

結婚してからもう十年経つ。今でも俺にはわからない。なぜ俺だったのか。なぜ結婚だったのか。妻は医者の娘で、両親だけでなく親族全員が医者で、町の名物一家だった。彼女は何年もかけて自分の両親と親族全員を説得して、ほとんど無理やり結婚を認めさせた。結局俺はまともな勤めを続けることができず、いろいろあって場末の道具屋になった。食うや食わずの貧乏稼業だ。今は娘が一人と飼い猫が五匹いる。俺の結婚は謎だらけだった。理由は妻にしかわからないだろう。そいつを尋ねたこともない。知りたいとも思わない。

道具屋というのは秘密の多い商売だ。長く一緒に組んで仕事をしてきた相手でも、顔見知りの同業者や協力者が相手でも、それは変わらない。その男と俺は三年くらい「年の離れた道具屋の先輩後輩」という関係を続けていた。師匠、弟子というような上下関係はなく、互いの仕事についても干渉せず、ただ月に何度か会って仕事の話をするくらいの関係だ。それが、いつからか男に仕事を手伝ってくれと頼まれるようになった。べつに俺を取り込もうとか、都合よく使ってやろうとか、そんな意図はなかったと思う。ただ俺より二回りも年上だった男は、もっと簡単にアホほど儲かる時代を経験してきた道具屋だ。最近はその頃に比べたら同じ品でも十分の一、下手したら三十分の一の値でも売れない。右から左に市場に荷物を放るだけじゃダメだし、適当に露店を出したってどうにもならない。ようするにもう嫌になっていたんだ。ラクして簡単に儲かるからこの稼業を選んだのに、今はもうそうじゃない。右肩下がりどころか自分一人食っていくのも難しい。仕事の内容も面倒が増えるばかりで全然儲からない。男は体力的にも精神的にも、もう手の内を全部明かしてでも俺に「手伝ってくれ」と頼むほど、この稼業にバカらしさを感じ、嫌気が差していた。

その頃の俺は名刺一枚の道具屋で、市場に出入りしたり、田舎のリサイクル屋をしらみ潰しに巡ったり、知り合いで地方に暮らしてるやつのツテを使って田舎の年寄りから要らんものを譲ってもらったりして、かなりショボい商売をしていた。だから男に仕事の手伝いを頼まれたとき、少し嬉しかった。仕事が増える。なにか大きな一発を当てられる機会も増えるだろう。年は離れていたが気を使わなきゃいけないような関係じゃなかった。元々俺は長距離や力仕事が得意で、男はそうじゃない。まあ悪くない組み合わせだ。男と俺には上下関係はなかったから、仕事は基本的に買うときも折半、売れたときも折半だった。男はやり手というタイプでもないし、大物でもなく、たいして金も持っていなかったが、三十年以上この稼業をしていたし、独身で子供がなく、女好きで、年よりずっと若く伊達《だて》な風貌だった。三十代の俺より若く見えたほどだ。服装や車にも常に気を使っていた。そして少し変わったツテがあった。べつに詳しく尋ねたことはないが、仕事の依頼者は必ず金持ちの中年女で、道具はいつもこっちの言い値で買えた。

六月だったと思う。夜中に男から電話があった。かなり大掛かりな仕事になる。但馬《たじま》の大地主で、二百坪以上ある古い屋敷を潰して更地にする。地主の女と地元の工務店のやつと話したが、べつに一度で終わらせる必要はないみたいだから、何度かに分けて売れそうなものだけ持ってこよう。現場は遠いし荷物の量もハンパじゃないから俺一人じゃ無理だ。手伝ってくれ。どのくらいの規模になるかわからないが、金はいつも通り折半でいい。俺はもったいぶらずに「いいね、楽しそうだ。田舎の家を丸ごとやるのは好きだ」そう答えて電話を切った。

俺はこの手の仕事が得意だ。普通はデカいトラックを借りて一日で全部終わらせるが、依頼者である女地主と仕事を受けた男の希望で、作業は何回かに分けることになった。往復の高速代とガソリン代はかかるが、トラックを丸一日半借りたってそれなりの金はかかる。往復の手間は増えるが、じっくりと時間をかけて売れそうな品だけを吟味でき、大量の荷物を一度に保管したり、売るために動かす手立てを考えなくていいというメリットもある。やり方は簡単だ。どこか敷地内の一ヶ所を決めて、そこに買えそうな品を運んでくる。一日の終わりに依頼者にそれを確認してもらい、金額を決め、金はその場で払う。荷物を俺と男の車に積み込む。これを何度か繰り返していけば、いつか終わる。建坪が百坪くらいの母屋の他に敷地内には茶室、納屋や蔵、倉庫や盆栽小屋などがあって、確かに一日で全部を終わらせるのは難しい。屋敷は空家で、解体は二ヶ月後。女地主は毎週月曜と火曜に近所の年寄りを頼んでゴミの処分をしに屋敷へ来るというから、俺たちも毎週月曜日に作業をすることにした。

一回目も二回目も作業は順調だった。男は女地主の相手をしながら茶道具やら切手やらを整理して集めてくるだけだが、俺は家中のあらゆる場所からあらゆるものを引っ張り出し、庭に転がってる古瓦や植木鉢まで一つ残さず全部チェックする。物置や小屋の中身から以前の持ち主の趣味を推測して、それぞれのジャンルの一番を探す。汗だくになってぶっ倒れそうだったが、必ず探せばなにか出てきた。たぶんこの調子なら、あと一度か二度で作業も終わるし、全部で二百万以上にはなりそうだ。相手にもある程度まとまった金を渡せて、こっちも儲かる。一つで百万千万みたいな大物はなかったが、充分ラッキーな仕事だ。二回目の作業が終わった時点で、依頼者には既に三十万くらい渡していた。まだデカい納屋兼ガレージみたいな建物も死んだ爺《じい》さんの盆栽小屋も残ってる。あと数十万は渡せるだろう。車に荷物を積み終えてから、依頼者のところへ向かった。来週もまた月曜に。ギリギリ次で終わらないかも知れないから、一応あともう一週みておいてくれ。そこに男と工務店の社長もやってくる。そこで女地主が口を開いた。彼女はハキハキとよく喋《しゃべ》るサッパリした気持ちのいい中年女で、依頼者としても悪くなかったし、近所の手伝い連中にテキパキ指示している様子は如何《いか》にも大地主の娘、田舎の元お姫様という感じで小気味良かった。

「○○さんには以前からもう伝えてありますけど、あそこの二階屋ね、私は入れません。バチッとね、弾《はじ》かれちゃうの。子供の頃からずっとそう。絶対に近付くなって、そういう感じです。絶対に入れない。母もそうでした。ね？」

水を向けられた工務店の社長が頷《うなず》く。「まあお化け屋敷ってことはないよ。先代も一階は普通にガレージにして使っていたし。二階は私もよく知らない」

いったい何の話だ？　オカルトおばさんか？　勘弁してくれ。俺はそんなことどうだっていい。「何度か白髭様《しらひげさま》の御祈禱《ごきとう》も受けています。たぶん私や母だけの問題だと思いますけど、慎重にお願いします。とにかく私は近付けないので」


車二台分の荷物を押し込むと、男の店はもう完全に倉庫か物置みたいになった。

「来週の分は俺の借りてる倉庫にしよう。さすがにもうここに積むのは無理だ」

「あ、うん。それで頼む。それよりさっきの話どう思う？」

俺はどうも思わないから、その通りに答えた。マジでどうでもいい。

「来週は一応塩くらい持っていこうか……実は最初にさ、工務店の〇〇さんから相談されたんだ。あのひと今日は適当なこと言ってたけど、けっこう本気でさ」

この商売を三十年もやっててオバケが怖いなんてあるか？　触る荷物はほとんどが死人のものだ。工務店のジジイだって同じだろう。今まで何軒の家を潰して建物を建てて売ってきてんだよ。アホらしい。もし、万が一、本当にオバケがいたら荷物と一緒に市場で売ったらいい。それだけだ。

「案外多いんだよ。この業界は若死にするやつもけっこういるし、ジンクスや験担ぎはみんな気にする。そりゃ今まで怖い現場はいくつもあったよ。俺は震災だって経験してる。でもやっぱり苦手なんだよ。なんか変じゃなかった？」

意外な一面だ。まあまあ性格も悪くて女癖も悪い。安く買い叩《たた》くのが得意で、正直それほど評判のいい男じゃない。だがどこか憎めない愛嬌《あいきょう》というか年齢の割に抜けたところもあって、俺は男のそういうところが気に入っていた。

「変かどうかなんてわからねえよ。ただ俺は真夜中に一人であの二階屋の荷物を全部調べても全然怖くないし、なんとも思わない。死体や首《くび》吊りの縄やオバケが出てきてもべつにどうでもいい」

「それじゃ任せていい？」

「いいよ。あそこと盆栽小屋は俺がやる。あんたは地主の相手と母屋の最終チェックをしてくれ」

「俺、けっこう信じてんだよね。今までも自分で強くこれと思ったことはだいたいその通りになってきた。今度はどうだろう……」

そんな会話だった。

三度目の現場では約束通り残りの建物をほとんど全部俺が見ることになった。小屋や物置は体積こそ小さいが、盆栽趣味は高額な鉢や道具が多いから、どんな小さなものや一見ゴミに見えるものでも徹底的に調べて選《よ》っていく必要がある。高く売れる品を一つでも多く見つければ俺も儲かるし、依頼者に渡せる金も増える。そんな道理が後押しするのもあるが、俺の燃料の大半は好奇心と冒険心だ。ちまちまとした彫刻刀やハサミ、高いのから安いのまでごちゃ混ぜの鉢、木端《こっぱ》に見える板切れや花台、図録や本も侮れない。見るべきものは山ほどあり、選るための集中力はいくらあっても足りない。消耗する。正午も過ぎてからやっと二軒の小屋を終わらせ、噂《うわさ》のオカルトゾーンに取り掛かった。一階はどうでもいい。見たままのゴミしかないし、扉が大きく開いてそのまま外まで地続きだから、二階のゴミをそこに放るつもりだった。二階への狭い階段を登っているときに気付いた。外からはただの安っぽい造りの納屋に見えたが、こいつは元々蔵だったやつに外側から新しい建材を貼り付けてる。どういう理由かよくわからないが、とにかくこいつは外から見ると建設現場によくある事務所みたいな感じだが、実際は古い蔵だ。そして二階はめちゃくちゃだった。古い家電や布団、百円でも売れないような明治頃の漆器類、朽ちた長持、触ると粉々になるビニールに包まれたなにか。用途不明の布や木材も多く、直感としてはなにかマシなものが一つでもあるとは思えない。呼吸をするだけで病気になりそうなほど埃《ほこり》っぽいし、確かに少なくとも五十年は人間が入った気配はなさそうだ。どうやらこのクソったれは宝探しにはなりそうにない。ゴミをゴミだと断定して一階に放るだけの仕事だ。覚悟を決めてクソ作業を開始するしかない。一応木箱や段ボールの中身は確認してから、狭い階段を使って一階へ運ぶ。それを何十回も繰り返しているうちに頭がおかしくなりそうになる。ただのゴミだ。最終的には俺が山積みしたそいつを地主の女が近所から集めてきた年寄りが片付ける。平積みのトラックにでも積んで地元の処理場まで運ぶんだろう。オバケがどうとか、祈禱がどうとか、そんなことはまったく関係ない。最低のクソ作業だ。

結局二階にあった荷物で買い取れそうなものは、戦争関連の写真や日記、個人装備の入った二つの風呂敷包み、木箱に入った明治頃の安い伊万里《いまり》の鉢や皿がいくつか、長持の中に無造作に放ってあった大量の土地関係の文書、台帳くらいだった。死体やミイラはない。最後にペンライトで照らしながら二階の隅々まで確認したが、デカ過ぎて一階に運べない古い長持以外にはもうなにも残っていなかった。俺の仕事は完璧だ。この場所はハズレ。だが処分すべきゴミをゴミと断定して引っ張り出すのも仕事のうちだ。それをしてやらなきゃ家は永久に片付かないし潰せない。あとは金を払って荷物を車に積めばここでの仕事は終わりだ。

問題があった。荷物が多すぎて俺と男の車に積みきれない。男がどこから出してきたのか、やたらとデカい銅の瓶掛け火鉢を二つと、ごっつい二重の箱に入った大文箱《おおふばこ》、あとは段ボールにガチャガチャと洋食器を入れたやつを持ってきていた。

「来週もう一度取りにきてもいいですかね？　敷地内の最終チェックも兼ねて、終わったら一緒に食事でもしましょう」

男が女地主にさらりと言う。もうこの仕事は儲かるのが確定してる。あと一回、往復で一万円の交通費くらいかかっても問題ない。高価なものから順に車へ積み込み、伊万里と洋食器、大量の文書はゴミ袋に詰めてガレージの隅に残していくことにした。男が耳打ちしてくる。

「車を出したら国道の手前にあるセブンイレブンで一度合流しよう……」

なにかトラブルでもあったのか、ろくでもない悪巧みでもしているのか、本当にただコーヒーでも飲みたいだけなのかわからないが、少なくとも俺はシャツを着替えて冷たい水を飲み、煙草を吸いたかった。だから男の言う通りにした。

車の中でTシャツを着替えて、煙草に火をつける。男が車の窓をトントンと指先で叩いた。

「はいよ。コーヒーと水。お疲れさん。あそこはハズレだったみたいだな」

最悪のクソ作業だったが、冒険ってのはそういうものだ。毎回当たりを引いて、毎回勝負に勝てるなら、それはイカサマ師か泥棒の仕事だ。全体としては充分儲かりそうなんだから気にするようなことじゃない。

「塩さ、マジで持ってきたんだけど、忘れてたわ。今から車に撒《ま》いとく？」

まだ言ってやがる。勘弁してくれ。

「べつにオバケも死体もなかったよ。ゴミがあっただけだ。オカルトもジンクスもへったくれもない。さっさと帰って倉庫に荷物を降ろそう」

俺の借りているコンテナ倉庫は高速道路の出口からすぐだ。早く仕事を終わらせよう。シャツを着替えたくらいじゃどうしようもない。シャワーを浴びないと頭や鼻の中が痒《かゆ》くて気が狂いそうだ。

明け方近くに携帯電話が鳴った。見覚えのない市内局番。こんな時間に、今どき固定電話から？　まったく想像がつかない。

「県立病院事務局の○○と申します。ご身内の方とまだ連絡が取れなくて……」

外は暗かった。隣で寝ている妻に声をかけてから、顔だけ洗ってズボンを穿《は》き替え家を出た。病院まで車を運転しながら考える。あの男の身内。独身なだけでなく、過去にも一度も結婚したことはないはずだ。子供もいない。両親はとっくに死んでる。身体の弱い兄貴がいたと思うが、それも去年死んだ。両親は子供の頃に離婚したらしいから、別れた父親の方についていった他の兄弟がいるかも知れない。それか面識はないだろうが異母兄弟がいる可能性はある。

男はＩＣＵに入ったままだったので、担当の医師と事務員が対応した。夜中の二時に本人から救急車の要請があった。隊員が到着した時点で意識がなく、搬送中に呼吸も止まった。ＩＣＵ内で自発呼吸こそ回復したが意識は戻らない。脳梗塞。場所が悪かった。この状態から意識が回復した例はゼロだ。二度と意識は戻らない。自発呼吸が止まれば死ぬ。挿管して延命できるが身内のサインがいる。延命しても絶対に意識は戻らない。植物状態でいつまで生きられるかは不明だが、半年も一年も入院させることはできない。このお兄様というのは？

「もう死んでる。俺はただの仕事仲間だ。彼は独りもんで、身内も親しい友人もいない。女はいるだろうが、他人だ」

自分でも意外なほど冷静だった。サインが可能な身内探しと手続きについてはあんたらの方で頼む。今はまだ呼吸してるんだろう？　支払いは問題ない。口座に現金があるはずだ。マンションは持ち家だし、買って二ヶ月しか経ってない車もある。保険にも入っていたと思う。こっちで朝一番に弁護士を一人頼むから、あとはそいつと相談するなり、身内を探すなりしてくれ。

弁護士は義父の知り合いのを頼むつもりだった。厄介な事態だが、少なくとも病院とのやり取りを任せることはできるだろう。あとは男に遠縁でもなんでも身内が残っていることを祈るばかりだ。あのとき、塩を撒いておくべきだったか？　俺にはわからない。だが、たぶん塩に意味はないだろう。調味料だ。保存食を作ったりするのにも使う。撒けば脳梗塞を防げるなんて話は聞いたことがない。とにかく俺は男の店と俺の倉庫に山積みされてる荷物をさっさと売らなきゃならないし、来週もあの現場がある。女地主にはどう説明しようか？

僅かに期待した通り、男には幼い頃に別れて暮らすことになった姉がいた。離婚した父親の方についていったから、ほとんど付き合いはなかったようだが、正真正銘、混じりっ気なしの姉弟だ。頼んだ弁護士がそのまま彼女の代理人となって、病院の手続き、マンションや車、現金、保険なんかの処理は全部やってくれた。病院への見舞い（植物状態だからべつに必要はなかったが）や訪ねてくる知人、店の管理は俺がやった。実際に男が死んだのは半年後の十二月三十日だ。やはり明け方に看護師が巡回にきたときには、もう呼吸が止まっていたらしい。大晦日に通夜をして、元日に葬式を出した。参列者は俺と男の姉と弁護士の三人だけだ。印象的だったのは、通夜の晩、数十年前に母親の誕生日祝いに集まったのを最後に何十年も連絡すらしていなかった弟の死体を前に、姉だという女が泣き出したことだ。身内だから当たり前という気もするが、俺は彼女の存在を男から一度も聞いたことがない。単に疎遠だっただけか？

それでも彼女は泣いていた。そして俺にこう言った。

「○○ちゃんとはね、それはずっと疎遠で、でもそれ以上に私は昔から彼が苦手だったし、仲も悪かったんです。病院と弁護士さんから連絡をいただいて、それで私、なにを考えたと思います？　助かったって。一番下の娘の学費や、私と主人も自営業なので少し借金があって、それで○○ちゃんの口座のお金や買ったばかりの新車を売ったお金、それからマンション。天の助けだって、ありがとうって、そんなふうに思ってしまって……情けなくて、恥ずかしくて、ごめんなさい、ごめんなさい……」

正直なおばさんだ。俺は長いこと酒をやめていたが、その通夜の晩だけ、ジンを一本用意していた。グラスは使わない。ボトルから直接飲む。昔ながらのやり方ってやつだ。

「気にすることはないさ。女癖が悪くて、自分勝手で、まあまあ性格も悪い男だった。死んだのはお化け屋敷の悪霊のせいだ。あんたの感情は関係ない」

墓は死んだ母親方の親戚に頼んで、骨はそこに入れてもらった。前の年に死んだ病弱だったという兄もそこに入れたと聞いていたからだ。それから俺は持っている現金全部を払って、男の店とその在庫を買った。他にどうしようもなかった。男が倒れたそのときから、植物状態で入院している間もずっと仕事があった。毎月俺が店の家賃も倉庫の家賃も払って、店も仕事も続けるしかなかったんだ。さらに半年経ってマンションが売れると、男の姉は店も墓も訪ねてこなくなった。あれからもう何年経ったか憶《おぼ》えていない。俺は今でもクソ儲からない時代遅れの店をやり、毎月三十日には男の墓を掃除しにいく。

こいつは詐欺師のジジイだ。間違いない。道具屋を専門にしてる詐欺師というのは昔からいくらでもいて、その手口や逸話を語り出したらキリがない。そして目の前のこいつは詐欺師だ。いきなり店にやってきて、亡くなった伯母が旅館をやっていただとか、死んだ親父が古銭を収集していただとか、とにかくクソみたいな能書きを垂れ流し、贋物《がんぶつ》や化粧した安物のゴミを持ち込み、さらに「家にはまだいろいろなものがある」と吐《ぬ》かす。この手の連中は詐欺師といっても刑法犯じゃない。そりゃ現代作家の贋物や偽金を作って持ってきてるなら話はべつだが、大抵は古美術品もどきのカスを「私は素人だからなんにもわからんのですけどね……」という具合で、道具屋の方が勝手に欲を出してバカみたいな値段を付け、勝手に金を払う。百万千万単位のやり口は少なく、数万数十万のケチな仕事がほとんどだ。だが今どきのオレオレ詐欺よりリスクは小さい。なにしろ絶対に警察の世話にはならない。違法行為はしてないからな。リスクがあるとすれば、イカれた道具屋に殴り殺されるかも知れない、ということくらいだ。

俺の目の前に座っている、安物のヤッケを着てボロいスニーカーを履いた貧相なジジイは詐欺師のパシリみたいなものだ。その仕事を仕切ってる親玉はべつにいる。だいたい道具屋出身のヤクザ者か中国人だ。このジジイみたいのは毎年のように出没するし、現れると美術倶楽部や市場関係者の間で情報が共有され、その街の道具屋はしばらく警戒する。俺は同業者から話を聞き、既にジジイの存在を知っていた。本人の手紙付きだという某有名画家のデッサン画が数点、明治の銀貨や中国の古銭、そして「実は実家の蔵にはこんなものも……」と携帯電話で撮った写真を見せてくる。もちろん全部贋物だし写真の現場は存在しない。俺はジジイをその場で殴り殺してもいいし、話を聞くフリをしながら、こいつに騙《だま》されて既に数十万損している他の連中に連絡して店に集合させてもいい。だが、俺は全然べつのことを考えていた。ちょうど墓参りから戻ってきたところだったんだ。

罪滅ぼしという言葉がある。贖罪《しょくざい》。誰でも生きていれば罪を犯す。悪は無意識にも行われる。原罪というやつもある。人間は生きてるだけで罪深い。だが俺は特に罪深い男だ。単に動植物を殺して食ってるだけじゃない。怠惰で自分勝手な行動ばかりして、その度にたくさんの他人を傷つけ、裏切ってきた。俺の被害者は数えきれない。思い出すだけでうんざりする。どっかの他人の墓参りに行くことで、わけのわからんジジイのアパートで生まれた仔猫をもらい、そいつにキャットフードを食わせることで、その罪を贖《あがな》えるのか？　俺のせいで人生を台無しにされ、孤独に死んだ女に対する罪が消えるのか？　数えきれないほど繰り返してきた裏切りの対価に相応《ふさわ》しいか？　そんなわけがない！　俺の罪は消えない。キリストもたぶん俺のぶんだけは贖うのを忘れた。まあ予約もしてなかったし、神の赦《ゆる》しは元々必要じゃないが、とにかく俺の罪を消すことはできない。相応しい対価があるのかどうかも不明だ。俺が明日、野垂れ死んでドブ川に腐った死体を晒《さら》したところで彼や彼女に対する罪が赦され、消滅するとは思えない。俺が毎月墓参りに行くのは草が生えると掃除が面倒だからだ。元ヤクザで今は生活保護のジジイの猫を世話してやったのも単に俺は猫って動物が好きだからだ。自分の行為を罪滅ぼしだと思い込むことで、人生が少しでもマシになるならそいつはたいした発明だが、どうやらそうじゃないらしい。だから俺は詐欺師のジジイに訊いた。

こいつらは全部ゴミ以下の贋物だ。こいつを欲しがる人間は地球上に一人もいない。だが買ってやってもいい。たぶん五十万くらいで売りたいんだろうが、俺は貧乏だからな。十万なら買ってもいい。なんでかわかるか？　教えてほしいんだよ。原価五千円以下のカスを十万で買ってやるってんだ。よく考えて答えろ。なあ、詐欺師に騙されてカスを掴《つか》まされ、貧乏な俺にとっちゃまあまあ大金の十万を失うことは、罪滅ぼしになるか？

「あのちょっと……ええ？　はい？」

ジジイはなにか自分は犯罪者ではない、違法行為はなにもしていない、そんな感じのことを遠回しにぶつぶつ喋《しゃべ》っていた。

「答えてほしいんだよ。お前に騙されることが、罪滅ぼしになるか？」

「あの！　ハイ！　ちょっといろいろとわかりませんけどね。なると思います！　伯母や親父が大切にしていたものですから！　ハイ！」

立ち上がってジジイの座っている古い木製の丸椅子を力いっぱい蹴飛ばすと、脚が二本折れた。ジジイが転がり落ちた衝撃で背後にあった茶簞笥《ちゃだんす》が倒れ、その中身がガチャガチャと割れたりどこかへ飛んでいった。

「俺の罪が消えるわけねえだろ！　なんだテメエは？　オイ！　俺の罪が赦されるって？　消えてなくなるのか？　どういう理屈だよバカ野郎！　ブッ殺すぞジジイ！」

哲学も倫理も宗教も俺にはよくわからない。なにしろ小学三年生の娘の宿題すら俺には難しすぎて手伝ってやれないんだ。俺にわかるのは、犯した罪は消えない。死人は生き返らないし、裏切りに相応しい対価は今のところ思いつかないってことくらいだ。だが生きていれば罪を犯し、誰かを殺し、裏切りを続けることから逃れられない。
悲しくなることがある。誰かのためではなく、自分が許せなくて涙を流すこともある。
俺の人生はやり直すには遅すぎる。

「十二月十三日に真鍮《しんちゅう》のイスを買った母娘、連絡求む」Ａ４のコピー用紙にマジックでそう書いて、店のシャッターの支柱に貼り付けた。俺に落ち度はないし、人探しはどう考えても俺の仕事じゃない。道具屋が一度客に売ったものを後から「返してくれ」と頼むなんて聞いたことがない。いったい俺はなにをしてるんだ？　しかも貼り紙をしただけじゃなく、母娘が店にやってきたのと同じ時間帯になると店の外へ出て、同じような小さな犬を散歩させてる連中に目を配る。だが必ずあの母娘で犬を散歩させてるとは限らない。父親や夫の番だってあるだろう。そもそも母娘は同居してるのか？　たまたま娘が犬を連れて帰省していたんだとしたら？　犬を連れていないオバハンが一人で歩いていても俺は絶対に気付けない。人の顔を憶《おぼ》えるのは苦手だ。怪しい羆《ひぐま》みたいな大男が店の前でギョロギョロしてるのを不審に思って立ち止まり、奇妙な貼り紙に気付いてくれたらいいが……とにかくあの日、犬の散歩のついでに、ただの通りすがりで「あら、こんなのお庭にぴったりね。いいと思わない？」そんなふうに母娘で会話して、店の外に放っておいたイスを五千円で買っていった母娘が見つかる可能性は低い。唯一の救いは「家はすぐそこだから」と娘の方がクソ重いイスを抱えて歩いて帰っていったことだ。同居してるかどうか知らないが、イスは近所の家のどこかにある。金属製だから家の中では使わないだろう。玄関先か庭用だ。俺は時間を見つけては近所の家の庭を一軒ずつ覗《のぞ》いたりもした。完全に不審者だ。なんだって俺がこんなことを？　思い出すだけで気分が悪くなる。クソったれが！

その大金持ちの婆《ばあ》さんは二億円のマンションに一人で住んでいた。俺みたいな場末のチンケな道具屋になんの用だ？　家具を見てほしいという。残念ながら家具はどんな高価で立派なやつでも道具屋は取らない。リサイクル屋なら逆に金を請求してくる。婆さんはひどく落ち込んでいた。二度ほど「古い家具でも買取ります」という業者を呼んだが、家具には目もくれず、なにか金目のものはないか、家探しまでしそうな勢いで凄《すご》まれ、警察を呼ぶ勇気もなく、簡単に売り買いできる小さな時計や美術品をゴミのような値で取っていかれた。それはもう怖くて怖くて……とっても警察だなんて、そんな恐ろしいこと思いもよりません……そういう商売なんだよ。だからポストに入ってるチラシの番号には電話するな。向こうから電話してくるようなやつは相手にしなくていい。婆さんはもう八十をとっくに過ぎてる。今さら勉強代もクソもあるか。連中は悪党の泥棒だ。俺も悪党には違いないが、安心しろ。見たところ、もう部屋に盗めるようなものはなにもない。

家具はどれも立派なものだった。婆さんは学校を出てすぐ嫁にいって、そこから五十年以上海外暮らしだったらしい。一ドル三六〇円とかそんな時代に何千ドルもするような、当時既にアンティーク家具だったやつを買い揃《そろ》えた。大半は十九世紀のビクトリア系だが、フランス製の少し明るいトーンで洒落《しゃれ》た感じのやつや、イタリア製の大袈裟《おおげさ》すぎるやつもあった。確かに捨てるには惜しいし、欲しい人間もいるだろう。だがデカいトラックを二台用意して、若いのを三人呼び、丸一日かけてクソデカい八台の家具を運び出し、知り合いの倉庫屋に頼んでそこに置かせてもらう。それだけでいくら金がかかると思う？　しかも持って帰った家具がいつ、いくらで売れるかは神のみぞ知るってやつだ。家具は他の道具とは違う。こんな感じ……とか、そんないい加減な基準で選ぶやつはいない。寸法も時代も用途も雰囲気も完全に「コレだ！」と完璧に合致した場合にしか売れない。ようするに家具は買取れない。だからこそ悪党は家に上がり込む口実に使う。

「婆さん、全部泥棒されたあとの残り滓《かす》だけ買ってくれと言われても困るんだ。いや、こいつらがゴミだってわけじゃない。立派なもんだよ。しかもわざわざ向こうから船便で持って来たんだろ？　その費用もハンパじゃなかっただろうし、思いが強いのもよくわかる。だが、勘弁してくれ。こいつをあんたの望むような値で買ってやることはできない」

どんなに耄碌《もうろく》していたって、もう三度目なんだ。さすがに理解してるだろう。だいたい婆さんは耄碌してるように見えない。脚は少し悪そうだし、相応に老いてはいるが、まだ頭も耳もしっかりしてる。

「そういうものなんでしょうね……なんだかこんな年にもなって私も世間知らずでお恥ずかしいことです。ただずっと海外暮らしでしたから、向こうで主人を亡くして、私も最後くらいは故郷でと帰ってきたものの、お友達も少なくて……ごめんなさいね、こんな年寄りの愚痴なんんか」

いやそういうことじゃねえんだよ。俺の話を聞いてたか？　そっちの事情はわかったから、こっちの事情も聞いてくれよ。無理なんだ。俺が損する以外に選択肢がないんだよ。大金持ちで二億円のマンションに住んでるあんたが、クソ貧乏な場末の道具屋の俺に損しろってのか？

「このマンションはね、東京にお嫁に出した娘に譲ってあげたいんです。あの子のときは、私も主人も海外でしたし、いろいろとバタバタしてましてね、なにもしてあげられなかったもので、そのことがずっと……私はもう一軒、主人が大阪に買った家がありますから、そちらでお迎えを待つつもりです。ですから、家具はそう、あなたのおっしゃる金額で結構です。お願い致します」

タダで取っても損する可能性はある。だがどれか一つでも十万で売れれば、最悪残りは全部田舎の市場にでもぶん投げて、なんとかなるか？　いや、一度こいつを降ろしたら次に移動させるときまた同じだけ金がかかる。考えろ。デカいトラックと人足を安くすぐに用意できて、クソデカい倉庫やスペースを持ってるやつ、市場にもある程度顔が利く方がいい。貸し借りなしで、そいつを頼めるやつがいるか？

「オーケー。少し電話をさせてくれ。家具がデカすぎて若い馬力のあるのが何人も必要だし、トラックも一台じゃ足りない。いくらで買えるかは、その段取りにいくら掛かるかで決まる。一つ教えてくれ。さんざん怖い目に遭って、懲りずになんでまた俺みたいな道具屋に連絡したんだ？」

婆さんが涙で声を詰まらせた。なんなんだよ！　こっちは今いくつも同時にグルグルといろんな作戦を考えてんだ。クソ話は勘弁してくれ！

「こちらにはお友達も少なくって……それで、大学時代の同窓生くらいは少しお付き合いがありますけれど、娘は東京でございましょう？　心細いことですけど、カトリックの教会でね、お知り合いになった方に教えていただいたんです。お名前は」

もういい。聞かなくてもだいたい想像がつく。このあたりはカトリックが多いんだ。近くに昔のカテドラルがある。コープ神戸の共同購入みたいなもんだ。婆さんが涙ぐんでいるのは、強欲への後悔だろう。コープ神戸に説教や懺悔《ざんげ》はないが、カトリックにはある。だが俺の知ったことじゃない。まずは電話だ。

「マジでクソほど儲からない地獄みたいな仕事だ。俺は最低の仕事だと確信してる。手伝いを頼めるか？」

電話の向こうの男は俺より一回り若い。だが俺に借りがあるわけじゃないから、立場は対等だ。俺より手広く、規模の大きな商売をしてる。

「中型を出してくれるおっちゃんと手伝いの若い子に日当だけ払ってくれるなら、僕はいいですよ。他になにかあります？」

こいつは本当に道具屋なんかをやってるのが信じられないほど育ちもいいし、真面目で優しい男だ。おまけに美大まで出てる。だから成功してるとも言える。俺のようなクソ野郎とは違う。

「俺の店に今置いてある家具を中身ごと全部市場に出す。そんで取ってきた家具を入るだけ入れる。残りはお前の倉庫に置かせてくれ。その先はまだ考えてない」

それしかない。さすがに取ってきた大量の家具をなんの見通しもなく丸ごと全部押し付けるわけにはいかない。

「あのケビントとか水屋ですか？　あれなら僕が買いますよ。あの手のが好きな業者も何人かアテがあるし、僕もまあ好きですしね」

なんて男だ！　お前はいつかきっと偉くなる。そのときが来たら俺のことは忘れてくれ。

電話を切って頭の中であれこれと計算する。損さえしなければいい。この状況で儲けることを考えるなら、婆さんを殴り倒して財布を盗むしかない。チーン！　俺の小学生並みの計算能力で弾《はじ》き出された金額を聞いたら婆さんはきっとがっかりするだろう。だがこの仕事を受けてやれるのは地球上で俺しかいない。それだけは自信がある。

そんなこんなで結局俺は婆さんの家具を全部で二十万で買い、店にあった家具は最高の男に十六万で買ってもらった。手伝いの二人に日当を一万二千円ずつ渡し、倉庫に残した二台の家具はいつか気が向いたら適当にどこかで売ってくれと頼んだ。まあまあ損しているが、作業があまりにも過酷でとんでもなく大変だったから、もうそんなことはどうでもよかった。神戸にある男の倉庫に最後の荷物を降ろした頃にはもう外は真っ暗で、誰もがさっさと風呂に入って眠りたいと、それしか考えていなかった。

それから、そう、ある寒い日の午後、今度は金持ち婆さんの大阪の家に呼ばれた。身の回り品くらいは運び終わっているみたいだったから、どうやら本当にこの家で一人で暮らすらしい。

「おかげさまでマンションの方はきれいさっぱり片付きました。必要なものは全部こちらにございます。二階や他のお部屋はもう使いませんから。そちらの品はご迷惑でなければお持ちください」

婆さんが指差したものは、小さなサイドテーブル、マホガニーのいいやつで、片手で運べるサイズだ。それから明り取りに使おうと用意したまま使わなかったステンドグラスが二つ。フランス製の小さな天使のついた吊《つ》り照明。そして玄関にあった真鍮のイスだ。どれも前回の家具に比べればかさばらないし、断るのも悪いと思って全部車に積み込んだ。

「俺は買取り屋だからな。こいつらを売って金に換える以上は、タダってわけにはいかない。小遣いみたいな金額で悪いが、一応買取りって形にさせてくれ」

そう言って婆さんに一万だけ渡す。婆さんは嫌がったが無視した。

「失礼かしらとも思ったのですけれど、どれも私なりに愛着がございます。けっして高価なものばかりとはいえませんが、半世紀も一緒だったんですもの。でも遠くで暮らす娘や孫たちに厄介を残すわけにもまいりませんから。ご迷惑ばかりおかけして申し訳ございません。本当にありがとうございます……」

そんなこんなで真鍮のイスは店の前に置かれることになった。まあまあ上等な造りだ。入口に置いておくだけで店も少しは上等に見える。そして白だか灰色だかよくわからない毛色の小さな犬を連れた母娘がやってきた。小売は俺の仕事じゃないが、店に置いてあるものを買っていくのを禁止してるわけでもない。欲しけりゃ金を払って持っていって構わない。さすがに婆さんは本場で何十年も暮らしていただけのことはある。俺にはさっぱりわからんが、母娘はそのイスをひどく気に入って、五千円を払うと大喜びで抱えて帰っていった。

ちょうどその日の夜だ。婆さんから電話があった。婆さんは「もしもし」という前から泣いていた。泣きながらなにかを訴えていて、けれどそれが何の話なのか聞き取れるようになるまでずいぶんと時間がかかった。かなり取り乱して、泣きじゃくり、悲痛なかすれた嗚咽《おえつ》を何度も繰り返した。

「ごめんなさい、こんな時間に、いえ本当にごめんなさいね。急にね、寂しくなってしまって。いえ違います。悲しくなってしまって。主人が玄関であのイスに腰掛けて、靴を履くんです。それを私が見送って。なんだかあのイスがなくなってしまったら、突然そんなことが、些細《ささい》なことですのよ、でもね、主人があそこに腰掛けて……私が見送って。私が非常識なのは承知しております。一度お譲りしたものをね、私が間違っています。でも主人が、あのイスで……なんでも致します。いくらでもお支払い致します。あのイスだけでもお返ししていただけませんか？　惨めな年寄りのお願いだと思って……」

俺の人生で最悪な瞬間のベスト10に入るのは間違いない。こんなクソみたいなことがあるか？　そのイスなら数時間前に見知らぬどっかの誰かに売っちまった！　他の業者に売ったなら探しようもあるかも知れんが、マジで見ず知らずのオバハンとその娘なんだ！　通りすがりの誰かだよ！　ファック！　クソったれ！　ファックすぎる！

「落ち着いて聞いてくれ。イスは今日売れちまった。通りすがりの客で、俺にも誰だかわからない。意地悪で言ってるんじゃない。もう見つけることも、取り返すこともできないんだ」

電話越しでも婆さんの感情の異常な昂《たかぶ》りを感じる。このまま死んだらどうする？涙声でひたすら懇願してる。そうじゃねえんだよ！　俺は悪党だがあんたに嫌がらせをしたいわけでも、脅迫してるわけでもないんだ。クソったれ！

「言いたいことは全部わかった。ちゃんと聞こえてる。買っていったのは近所の人間だ。それは間違いない。必ず見つけるとは約束できない。絶対にな。でも探してみるよ。いつかまた店の前を通るかも知れない。あんまり期待するな。でも探してみる。できる限りのことはするよ。それから、電話を切ったら娘に電話しろ。今まであったことを全部ありのまま話せ。今の気持ちもだ。見つからなくても来週一度連絡する。とにかく娘に電話するんだ！」

婆さんの繰り返す悲痛な「ごめんなさい……」が頭から離れない。なんだってんだ！　だが約束は約束だ。その場しのぎのためとはいえ、言った以上は探さなきゃならない。そうだな、まずは貼り紙をして……

一週間、店の前を見張ることで気付いたことがある。俺は猫は山ほど飼っているが、犬を飼ったことがない。どうやら犬の散歩はだいたいみんな同じ時間にする。夕方四時くらいになるとぞろぞろと一気に現れるから、見張るのもけっこう難しい。それから犬種というのも簡単じゃない。毛の色や刈り方が違うだけで実は同じ犬だったりする。それから……オイ！　待ってくれ！　白だか灰色だかよくわからない、爺《じい》さんみたいな顔をした犬。あいつだ！　連れてるのは初老の男だが、あのオバハンの夫、娘の父親だと思えばおかしくない。やっと見つけた！　犬と男は店の脇から急な坂道を上っていく。待ってくれ！　オイ！　三十メートルくらい坂を上がったところで、男は地べたに座って新聞を広げていた。自宅の前なんだろう。俺は十数年ぶりのダッシュでゲロを吐きそうだった。

「すまない。どう見たってクソ怪しいのはわかってるが、怪しいもんじゃない。坂の下の骨董屋《こっとう》だ。あんたの家族、奥さんとか、娘とか、最近イスを買って帰らなかったか？　金色の金属のやつだ。庭とか、玄関で使うような外国のイスだ」

初老の男は案外冷静で、俺のような大男がいきなり登場しても特に動揺してる感じはしなかった。

「いや、そんなのはないね。うちにはないし、わからないよ」

マジかよ！　確かにこの犬はみんな同じ顔だし毛の刈り方もだいたい皆同じだ。似たような犬ばかり飼うんじゃねえ！

「そうか……ごめん、すまなかった。同じ犬だったんだ。イスを買っていった客を探してたね。その客が同じ犬を連れてた。それで声をかけたんだ」

男が笑った。

「そいつはたいへんだ。この子と同じのは多いよ。私も何人か近所で飼ってる人を知ってるから……」

ケツのポケットで電話が鳴った。男に軽く挨拶して坂道を戻りながら電話に出る。

「もしもし？　あの、先日は母がたいへんご迷惑をおかけしたみたいで、はい、娘の〇〇と申します。今よろしいですか？　はい、母から先日はずいぶん感情的になって、お世話になった古道具屋の方にたいへんなことをお願いしてしまったと、本人もひどく恥じて反省しています。普段は賢くて気丈な人ですけど、やはり歳《とし》で少し感情的になるというか、不安定になることもあるみたいで、はい、今は落ち着いているようです。私は東京ですし、夫や私自身の仕事も忙しくて、そちらにお伺いできず申し訳ありません。なにとぞ……」

できればあと五分早く電話してほしかった。若い頃より二十キロも太って、運動不足のところに坂道をダッシュで上がったからゲロが出そうだ。

「いや、気にしてない。電話してくれてありがとう。母上は大阪の方の家かい？」

「はい、つい今しがた電話で話したばかりです」

「イスは見つからなかったんだ。悲しい思いをさせて悪かった。今から直接本人に伝えてくるよ」

約束は約束だ。俺に落ち度はない。イスを売るのは合法だし、探して見つけなきゃいけない義務もない。だができる限りのことはすると約束した。それでも見つからなかった。詫びる必要はないが、報告くらいしてやるのが筋ってもんだ。

家は静かな住宅地の枯れた桜並木の前にあった。婆さんは娘から連絡があったらしく、玄関先まで出てきていた。

「本当にお恥ずかしい限りです。あなたに恥をかかせるような失礼なお願いなんかしてしまって、なんとお詫びしていいか……」

婆さんは弱々しい老人じゃない。お人好しの元お嬢さんってだけじゃ、様々な国で暮らし、いくつも不動産を管理して独り身の今も金持ちであり続けることはできない。ちゃんと強《したた》かな根性と怜悧《れいり》な頭を持ってる。そいつは前の仕事のときに気付いていた。だが、金持ちでも賢くても人は死ぬ。その不安は金持ちでも貧乏人でも変わらない。衰えていく精神と肉体に対する苛立《いらだ》ちや恐怖も同じだ。

「そんなことはいいんだ。誰だってやりきれない夜はある。胸の張り裂けるような後悔とか、悲しみとか、思わず叫びたくなるようなことがな。イスは探したけど見つからなかった。同じ犬を飼ってるやつがたくさんいたし、貼り紙を見て訪ねてきたやつもいなかった。まだ探してもいいぜ。いつか買ったやつが店の前を通るかも知れない」

婆さんがまた涙ぐんで俺を見上げてくる。

「もう、けっこうでございますよ。ご無理を言って本当に申し訳ございませんでした。主人との思い出はまだたくさんございます。それはもう、いくらでも」

なら結構。これで俺の仕事は終わりだ。車に戻ってエンジンをかける。サイドミラーの中で丁寧に頭を下げた姿勢の婆さんが、だんだん小さくなっていく。天使のついたフランス製の吊り照明は思ったより古かった。優雅に垂れたガラスのビーズを見ればわかる。十五万は狙えるだろう。損はしないで済む。それに、犬にも少しだけ詳しくなった。

男の名は延倉《のべくら》という。俺より一回り若い。確か三十代の半ばだ。付き合いはもう十年近くになる。初めて会った頃、俺は名刺一枚の駆け出しの道具屋で、延倉は引越し屋の社員を辞め、友人と二人で独立したばかりだった。神戸のフリーマーケットみたいなところで、俺は素人や延倉のようなハンパな業者がなにか見当違いをして高価な品物を安く並べていないか、見て回っていた。田舎のリサイクル屋とこの手のフリーマーケットは当時の俺にとって貴重な収入源だった。延倉とその相棒は中型トラックの前にブルーシートを敷き、そこにどこで泥棒してきたのかよくわからない大量の未使用の腕時計を並べていた。二人とも暴走族の小僧がそのまま少し歳《とし》を食ったような感じで、荒っぽい産廃屋の若い衆にしか見えない。

「片付け屋か？」

「そうッス。現場で出た荷物ですけど、まあ小遣いくらいになればいいかなって」

そんな会話をしたはずだ。俺は安物のクォーツ時計に興味はなかったが、彼ら二人に名刺を渡した。

「買取り屋なんだ。現場で面白そうな荷物や気になるもんが出たら連絡してくれ。ちゃんと金を払って買取るよ」


あるとき、いつものように「骨董品《こっとう》っぽい感じのがけっこうあるッス」と電話で呼ばれ、彼らの事務所兼倉庫を訪ねると、相棒はもういなかった。元々同じ地元の暴走族で一緒だった。一緒に引退して、二人一緒にやはり同じ暴走族の先輩の下でヤクザの下っ端みたいなことをした。数年の間になにやらいろいろあって、結局はこれまた二人一緒に足を洗うことにした。バカでも犯罪者でも社員で雇ってくれるのは引越し屋くらいだったから、一緒に引越し屋に勤めた。二年かそこらでクソほどしんどい賃労働がバカらしくなり、会社を辞めた。どうせしんどい思いをするなら自分で独立しよう、引越しだけじゃなく、片付け屋もやろう。そして中古のトラックを二台買って、倉庫を借りた。それから数年。相棒はもういなかった。理由は訊《き》かなかった。興味がないし、俺は元々二人のうち、残った延倉の方が気に入っていたからだ。

延倉はとてもガキの頃から薄暗い道を歩いてきた刺青者《いれずみもの》には見えない。明るくて、清潔感があり、気さくで、素直で、誠実な男だ。自分に無いものがなにか理解した上で、それを恥じたり、他人を羨んだりしない。謙虚で勇気があり、小柄だがパワーもスピードもあって仕事もできる。頭は悪かったが、そんなことは人間にとってたいして重要じゃない。俺は彼の倉庫の荷物を買ったり、彼の客に頼まれて直接現場へ出向いて買取りすることもあった。逆に俺は買取りというより家財や家の処分が目的の客がいると、買取れるものだけ俺が買取り、残りの残置物の処分を延倉に頼んだ。商売だから金は取るがボッタやインチキはしない信用できる業者だと紹介すると、年寄りは安心した。仕事のやりとりはそれほど頻繁だったわけじゃないが、俺たちはそれなりに友好的で共存できる関係だった。

「今度の現場はヤバいッスよ。絶対好きなやつやと思います。ゴミ屋敷ってわけじゃないんスけど、そのままなんですわ。全部、なにもかも、そのまんまなんです」

十年近い付き合いだが、延倉にこの手の仕事を頼まれた記憶はない。大抵は客を紹介されるか、既に回収済みの倉庫の荷物を買取るかだ。電話の感じじゃまるで俺も一緒に現場に入って作業するみたいだ。

「そら宝探しは好きだぜ。だが依頼者はどうなる？　買取り屋が現場にいたらお前もマズいんじゃねえか？」

当たり前だ。連中は人足代と荷物の処分費という名目で依頼者から金を取る。その処分するはずの荷物を実は売って金にしていると、客の目の前でそれをやるのはさすがに頭が悪すぎる。百万千万の泥棒をするわけじゃないが、たとえ一万でも気分を悪くする客はいるだろう。

「実はもう鍵を預かってんですよ。地主の婆《ばあ》さんは近所に住んでますけど、不動産屋に丸投げだったみたいで、その不動産屋からの依頼です。来月の半ばまでに空っぽにしてくれって、それだけです。現場に来てもらって問題ないですよ。むしろ早めに来てもらわないと、なにを捨てて、なにを残すのか僕じゃ判断できないッス」

約五十坪の二階建て5LDK。家は特別古いわけでもデカいわけでもない。居住者と地主の関係はよくわからない。定期借家みたいなやつか？　なぜ中身はそのままなんだ？　なにより一番気になるのは、そんな現場は延倉にとってべつに珍しくない。片付け屋だからな。だが今まで一度も今回みたいに「現場に先に入って家探ししてくれ」と頼まれたことはない。なにを捨てるも残すも自分の感覚で適当にやってきたはずだ。その自分の感覚で残したものを俺が買ってきた。今になって急に宝探しごっこのサービスか？

「いつも通りお前が適当に片付けたらいいだろ。それっぽいやつだけ残しておいてくれ。後で見に行くよ。お前らが手をつけるより先に俺が現場に入る必要あるか？」

契約関係は問題ないはずだ。延倉はバカだが十年この仕事で食ってる。素人じゃないし、まだ成り上がってはいないが、無手で稼業を始めてここまで生き延びてきた。最近結婚したみたいだし、今さら法的に危険な真似をするとは思えない。

「さすがッスね。本当にそのまんま、ついさっきまで暮らしてたみたいな感じなんで、面白いかなって思ったんですけど……とにかく現場見にきてもらっていいッスか？」

やはりなにかあるんだな。だが嘘《うそ》を吐《つ》くような男じゃないし、駆け引きや騙《だま》し合いをするタイプでもない。単に見てもらった方が早いと、それだけだろう。

「住所を送ってくれ。今現場か？　ならすぐに行くよ。車は家に乗り付けて構わないか？　オーケー、十時には着く」

こいつは敵じゃない。俺のクソみたいな世界、クソまみれの肥溜《こえだ》めの中では数少ないマシな野郎だ。

現場は郊外というほど市街地から離れていない、神戸市内の一軒家だ。町中だから屋敷みたいなデカい家というわけじゃないが、周りの他の家よりは立派なナリをしてる。取り外された表札の下に「不動産鑑定士」というかすれた文字が見えた。延倉はガレージのシャッターの前で俺を待っていた。若い人足や二人三脚の奥さんは一緒じゃない。珍しく一人だ。

「鍵あるんで。とりあえず見てください」

俺は少しだけ期待した。ひょっとしたら家の外観からは想像もつかない古いものや美術品が山ほどあって、本当に片付け屋じゃ手に負えないのかも知れない。

もちろん期待は一分もしないうちに裏切られた。確かに何年も空家だった感じはしない。誰かが片付けたり整理した気配もない。若干埃《ほこり》っぽいし、所々、引き出しの中身や書類が散乱しているが、せいぜい空き巣に入られたくらいの感じだ。今この瞬間に多少大雑把な性格の住人がキッチンから出てきてもおかしくない。ざっと見た感じでは、趣味は海外旅行。インテリアはよくある国内の高級家具屋のやつで、壁の額絵の大半は海外の土産物やリトグラフだ。書斎のデスクやキャビネットはスチール製で持ち主は真面目な仕事人間という感じだった。カメラやオーディオのスイッチにいちいち全部小さなシールが貼ってあって、操作方法や意味が書いてある。合理的だ。なにもかもが平凡で、特別高価なものや変わったものがあるとは思えない。ただキッチンやダイニング、二階の各部屋を見て回ってるうちに違和感を覚えた。仏壇がない。着物が箪笥《たんす》含めて極端に古いのと最近のものと二種類ある。少し荒れた衣装部屋の奥、ゴルフクラブが散乱したスペースのさらに奥に介護用ベッドがある。二階の一番奥に？　夜逃げしたわけじゃないなら、この家の住人は何もかもそのまま放りっぱなしでどこへいったんだ？　玄関で加熱式タバコを吸っている延倉に声をかけた。

「おい！　これ女が先に死んだのか？　男が先か？　見ただけじゃわからん」

「同時みたいッス」

「事故か？」

「事故……まあ事故ですかね？　なんかあれですよ、介護疲れっていうんスか。事件になったらしいッス」

このクソったれが！　少し前にニュースでやってたやつじゃねえか！

「家は事件現場じゃなかったみたいですけど、やっぱ気持ち悪い……いや、怖いッスよね。なんか面白いものありました？」

数ヶ月前に車ごと海に飛び込んで三人死んだニュースを神戸新聞で見た記憶がある。少し荒れた箇所や物があるのは警察の仕業か？　現金や通帳類、書類関係はもう親族が回収してるだろう。

「お前、詳しい話聞いてんのか？」

「いや、全然。死体が家から出たわけじゃないし、心中って自殺みたいなもんでしょ？　不動産屋に頼まれた仕事で見積りも一発でオーケーだったんで……」

それならなんでいつまでも仕事に取り掛からず、俺に連絡なんかしたんだ？

「期限まで時間に余裕があるんで、経費のこともあるし、若いの一人だけ頼んで嫁さんと三人でやるつもりだったんスよ。そしたら二人ともめっちゃ怖がって。あの……ガレージ見ます？　たぶんアレだと思うんですけど」

ガレージは玄関の脇にある鉄扉から直接入ることができた。ただ表のシャッターを開けないと真っ暗でなにも見えない。壁沿いに歩いて中からシャッターを押し上げた。俺の店のやつよりは全然マシだ。スムーズに動く。半分くらい上げたところで充分明るくなった。車はない。三人を乗せて海に沈んだ。だが心中は自殺か？　被疑者も一緒に死んでるだけで、その前に殺人を犯してるのでは？　事件のことはよくわからない。ただ、ガレージの中身が警察に押収されなかったのは確かだ。なぜかは知らない。俺は刑事じゃないからな。

とにかくガレージの隅に犬の置物が大量にある。一抱えもある大きいのから手のひらサイズの小さいのまで、陶器や木彫に彩色されたもの、ガラスや樹脂製のもある。たぶん全部同じ犬種だ。その犬の山の真ん中に、祭壇みたいなやつがあった。仏壇の前に置くような四本足の小さな長方形の台に、燭台《しょくだい》が二つ。ロザリオ。それから、たぶん天使か聖人の像だと思うが、それぞれ欠けたり折れたりしてるボロボロの木像がいくつか。カトリック信者だ。確かにガレージ内の聖域は不気味といえないこともないが、心中するほど追い詰められた人間が拵《こしら》えたもんだ。多少は狂っててもおかしくはない。家に犬を飼っている形跡はなかった。もっと前に死んだんだろう。

「こんなの触っても大丈夫なんスかね？　仏壇なんかはいつもバラして捨ててますけど、犬の置物とかは売れそうだし……」

それよりもっと大事なことがある。

「燭台は純金だ」

「マジッスか？」

「小さいけど二つあるしな。二百万くらいにはなるんじゃねえか？　俺の依頼者はお前だ。売るかどうかはお前に任せる。お前の依頼者は不動産屋だろ？　そっちをどうするかはお前が決めろ。俺はこのまま作業を始める。今夜一晩かかると思う。とにかく金目のものは全部拾い集めて、朝までに一箇所にまとめておく。終わったら連絡するから、明日また来てくれ。鍵はいらん。勝手にやる。宝探しだ」

確かに家はモノで溢《あふ》れているが、たいして不潔じゃないし、虫や小動物の気配がプンプンするほど長いこと放置されていたわけでもない。ごく平凡な間取りの家だし、特に苦労はなさそうだった。時間がかかるのは仕方ない。俺は家具や調度品の中身だけでなく、クローゼットにある服やバッグの中身まで全部調べる。開く場所があれば配電盤の奥でもダクトでもなんでも調べる。それが骨董屋の仕事か？　どうだろう。だが俺の仕事ではある。最初に見て回った時点で、もうこの家に特別な品がないのはわかってる。そもそも古いものがない。住人だった人間にはそういう趣味がない。付き合いもない。時計や筆記具も質素なものだ。カメラも贅沢《ぜいたく》な仕様のやつはない。オーディオもミドルクラス。せいぜいダイニングにある洋食器がそこそこ人気のブランドのやつばかりだってくらいだ。だが千円でも二千円でも売れるならなんでも取るのが俺のやり方だ。デカくて重い日本銀行券だと思ってチマチマと積み上げていくしかない。

二階での作業を終えたとき、もう夕方になっていた。ガラクタみたいなものばかりが段ボールに三箱。それでも全部売れば二十万くらいにはなるだろう。一階のダイニングとリビングが一番時間がかかるのはわかっていた。ダイニングに大量にある洋食器は選別と検品が必要だし、リビングのオーディオとレコード、CDも同じだ。下手したら朝までかかる。だがそれでいい。売れないものを取るよりはマシだ。電気はブレーカーを上げれば使えるはずだが、オーディオの動作確認用のコンセントだけで充分だ。住人が一家心中した家で一晩中ガサガサ作業しているのを近所に知らせる必要はない。一〇〇％泥棒だと思われる。懐中電灯とペンライトがあればいい。

手が真っ黒だった。水道は使えない。いや、元栓を探して開栓すれば使えるだろうが、外でそれを探すのは面倒だ。休憩ついでに車へ戻って、厚手のウェットティッシュで手を拭い、煙草に火をつける。車も移動させておこう。標識を確認するまでもなく明らかに駐車違反だし、それを理由に近所の人間に通報されたら最悪だ。コインパーキングの位置は確認済み。我ながらどこまでも泥棒みたいな野郎だ。法的には泥棒じゃないが、やってることは変わらない。特にこういう骨董品や古美術品のない依頼のときは余計にそう感じる。俺だけの発見はここにはない。驚きも感動もだ。事故物件みたいな家で金目のものを探す。ただ金になりそうなものを。だが羅生門《らしょうもん》のババアにだってポリシーはある。俺も同じだ。

分厚いオークの無垢材で作られた椅子に座って、懐中電灯の明かりで大量の皿やらカップやらを仕分けしていたときだ。ガラガラ、ガラガラ。ゆっくりと慎重にガレージのシャッターを上げる音が聞こえた。地縛霊とかじゃないなら、侵入者だ。ガラガラ、ガラガラ。延倉なら俺がいることを知ってるし、鍵を持ってる。大家や不動産屋も鍵くらい持ってるだろう。まあ鍵はかかってないし、きっと地縛霊は物音など気にしない。空家だから泥棒が入ってきてもおかしくはない。今までも入ってる可能性はある。だがガレージから入るか？　どうやったってシャッターは音が鳴る。連中は素人じゃない。空き巣ってのは大抵それが専門のプロだ。下見もするし準備もする。一日中道具屋が中でガサガサ作業してるところにシャッターをガラガラ鳴らして入ってくるようなバカならとっくに廃業してるはずだ。

足元に転がっていた開栓済みのスコッチを拾って一口飲んだ。俺はもう長いこと酒は止めているが、手がかじかんでる。少し身体を温める必要があった。もう一口。懐かしい感覚だ。さらにもう一口。このまま飲み続けても構わないが、ガレージのお宝をマヌケ野郎に持っていかれるわけにはいかない。絶対に俺が盗んだと思われる。手元の明かりを消して立ち上がり、泥棒野郎より静かに歩いて玄関脇の鉄扉に近付く。ガラガラ、ガラガラ。シャッターは少なくとも真ん中までは上げないと止まらない。手探りで鉄扉のノブと引いて開けたときの位置を確認する。オーケーだ。シャッターを上げる音が止まった。埃っぽいガレージの中をざらざらと砂を踏むような音を立てて歩く音が聞こえる。素人なら明かりは携帯電話か？　どうせ外の方が明るい。シャッターの隙間から差す明かりで充分だ。

冷たく重いドアの感触。僅かなアルコールだが腹の底が熱い。すべてを思い出す必要はない。世界の真実を知る必要も。緊張と警戒で四肢に力が漲《みなぎ》る。シンプルにいこう。ドアを引いてガレージに身を乗り出した。相手までの距離は二歩。痩せた人間が一人。それだけだ。携帯電話の白いＬＥＤライトがこっちを向く前に間合いを詰める。身体ごと相手を押し倒して頭を摑《つか》み、コンクリートの床に叩《たた》きつけた。俺は身長が一九〇センチ近いし、体重も百キロはある。そのまま馬乗りになり、さらに二回、相手の頭を冷たい床に叩きつける。両腕の付け根を何度か拳で殴り、右脚の膝を相手の柔らかい腹に押し込んだ。

「今から殺す。お前は地縛霊か？」

左手で相手の肩を押さえつけ、右の拳で思いきりこめかみのあたりを真横に殴り飛ばした。肉というよりも骨の感触だ。案外柔らかい。相手は自由になる方の手で俺の身体を押し退《の》けようとしたが、全然力が足りない。二度、三度、同じように殴り飛ばした。血の感触。体重をかけて左手で喉笛を締め上げる。見覚えのない男の顔だ。その瞳の同心円。怒りか、怯《おび》えか、動揺か。確かめる必要はない。こいつも叩き潰してしまおう。血と自分自身の暴力で興奮してる。真上から拳を振り下ろして顔面を殴る。目を開こうとするたびに殴った。柔らかい鼻の骨が潰れ、唇ごとへし折れた歯のせいで男の顔面は血塗《ちまみ》れだ。弱々しかった抵抗もほとんど感じられなくなった。立ち上がり、男の身体から一歩離れる。

まだ生きている。荒い呼吸。男は今さら自分の顔を守ろうと、両腕をその血塗れの顔の前で交差させた。ようするに、刃物は持っていない。

「オバケじゃなきゃなんなんだ？　悪魔とか、そういうやつか？」

カトリックだからな。自殺は禁忌だ。

倒れたままの男の頭を腕ごと蹴り上げる。その衝撃で男の身体がズレた。小さな叫び声。やっと本気を出す気になったか？　立ち上がろうと必死に両手を床に這《は》わせてもがいている。さあ、黒い煙でも超能力でも何でも出しやがれ。必ず殺してやる。両腕を何度も踏みつけて暴れるのをやめさせた。血だらけの上着を摑んでガレージの隅の壁まで男を引きずっていく。

「誰なんだ？　俺を殺しにきたのか？」

両手で無理やり顎を摑んで壁に押しつけ、血で滑る首筋を右手で締め上げた。

「誰なんだ？　黒魔術とか……」

男がやっと口を開いた。いや開いているかよく見えなかったが、声は聞こえた。

「延さんの……あの、延さんの後輩で……」

「泥棒しにきたのか？」

すすり泣きなのか喘《あえ》いでいるのかよくわからないが〝すみません〟は聞き取れた。

延倉に電話する。時間は午後十時四十分。三コールで出た。

「お疲れ様です！　なんか見つかりました？」

「あー、いや、お前の後輩で痩せて黒いダウンジャケット着てるやつ知ってるか？」

沈黙。

「は？　えーと、僕の後輩ッスか？」

「本人がそう言ってる。暗くて他の特徴はわからん」

「現場にそいつが？」

「ガレージに入ってきたんだ。半殺しにしちまった。お前の知り合いなら謝るよ。ホラー映画なんかでよくあるだろ？　悪魔が取り憑《つ》いて、天井に張り付いたり……」

「タジマですかね？　タジマ。訊いてもらっていいですか？」

血塗れの男を仰向けにひっくり返す。

「お前、タジマ？」

男はかすれた声で「はい」と答えた。

「タジマだ」

また沈黙。

「ほんとすみません。今からそっち向かいますわ。まだしばらくいます？」

「朝までいるよ。まだ洋食器の山が片付いてない」

ガレージのシャッターを下ろしてから、床にひっくり返っているタジマに肩を貸して家の中に戻った。ソファの上のガラクタを蹴り落として、そこに座らせる。

「悪いが水道は使えない。タオルかキッチンペーパーならあるけど使うか？」

暗くて表情も見えないし返事もよく聞き取れなかったが、たぶん答えは〝いいえ〟だ。

「延倉が向かってる。俺は作業がある。じっとしてろ」

オークの椅子に座って、懐中電灯の明かりで皿やカップのバックスタンプを確認しながら破損やキズの有無を調べる。中古で箱がなくても売りやすいブランド、メーカーは決まってる。あとは状態と人気のモデルかどうかだけだ。ガラス製品も似たようなもので、バカラとサン・ルイ以外はなんでも同じという気もするが、デザインや工芸作家もので売れるやつもある。ブランド食器だと思うから作業がクソ面倒で嫌になる。少し変わった形の千円札や五千円札だと思えばいい。俺は今、散らばった札を拾い集めてる。羅生門のババアもびっくりのクソ仕事だ。ついでに本物の泥棒は血だらけになってソファでぐったりしてる。いい加減に叫んでもいいだろう。なんなんだよ！　クソったれが！

延倉は真っ暗な部屋に入ってくると、ソファの男を確認してから、すぐにまた外へ出ていった。数分後にペットボトルの水とウェットティッシュを持って戻ってくると、ソファの男の頭を思いきり平手で叩いた。

「このクソボケが。俺の仕事バックレといて何をしでかしとんねん！　オイ！　コラ！」

懐中電灯のぼんやりした明かりでも男の顔がひどく腫れあがって一・五倍くらいになってるのがわかった。延倉が男にペットボトルとウェットティッシュを渡す。

「いや、ほんまにすみません。こいつなんスよ。一緒に現場入って〝怖い〟いうてバックレたの。ほんまクソやな。オイ！　行儀ようしとらんと自分で説明せんかい！」

どう見てもまともに喋《しゃべ》れる状態じゃないが、男を散々殴ったのは俺だから気まずかった。

「俺が悪かったよ。お前の知り合いだってわかってりゃ殴らなかった」

「ガレージのもん盗もうとしたんか？　オイ！　俺のことナメ腐るのはかまわへんわ。実際アホやしな。せやけどお前、自分のしたことわかっとんのか？　ただの泥棒やぞ！」

たぶん〝タジマ〟は延倉に謝ってると思うが、顔はパンパンに腫れてうまく喋れないし、出血や怪我《けが》の痛みもあるだろう。そして肝心な部分だが、タジマは今のところなにも盗んでない。いきなり羆《ひぐま》みたいな大男に襲われただけだ。

「落ち着いて整理しようぜ。ここは高齢の母親の介護と病気の妻の看病に疲れて一家心中した男の家だ。元愛犬家でクリスチャンのな。きっとその魂は今も地獄で焼かれてる。俺たちは悪党のクソ野郎だが、少しは神妙なツラと敬意が必要だ」

延倉が適当な椅子を摑んで座る。

「お前はさっきの水で口の中と顔を洗ってこい。あっちにシンクがある」

タジマはそこら中に手足や頭をぶつけながら、よろよろとキッチンへ向かった。

「燭台のこと気付いたんだろうな。触りゃ誰でもわかる。お前の苦手な古美術品じゃねえんだ。貴金属はお前だってわかるだろ？」

延倉は加熱式のタバコを吸っている。

「僕は触ってないッスからね。正直最初にアレ見た瞬間にゾッとして、めっちゃビビったんスよ。僕も犬飼ってますし。あんなん異常でしょ。家の中、ほんとに何もなかったッスか？」

介護ベッドの置いてあった細長い部屋の明かり取りは、銀色のシートで目張りされていた。仏間の本来は仏壇を置くスペースにはなにかを燃やした跡があった。大きすぎる空気清浄機が五台もあったし、同じ機種、同じ色のスティック型掃除機が八台もあった。犬の置物は家の中にも数えきれないほどあった。だが俺は道具屋だ。俺の見立てではなにもないのと同じだ。

「べつに。なにもなかった。売れそうなやつは段ボールに詰めて玄関の前に置いてある。カメラや小さな絵とか酒だ」

タジマがキッチンでうがいをする音が聞こえた。むせたり、喘《あえ》いだり、具合が悪そうだ。

「そっちのオーディオ類とここの食器の山も合わせて、全部で三十万になればいい方じゃねえかな。市場に放り投げたら十万にもならんだろ。面倒だが丁寧に売るしかない」

「すみません。怪我とかは平気ッスか？」

「あいつの方が俺よりヤバいだろ」

「あのくらいじゃ死なないッスよ。引越し屋でめちゃくちゃ鍛えられてますから。しっかしあのボケほんま……オイ！」

なんの先輩後輩か知らないが、とにかく先輩にドヤされてタジマが戻ってくる。まだフラフラしてるし顔もパンパンだが、移動や会話くらいはできそうな感じだ。

「すみませんでした！」

タジマがそう叫んだ瞬間に延倉が平手打ちで張り倒した。

「なにを声張っとんねん！　何様じゃボケ！」

いい加減にしろこの野郎！　俺が気まずいんだよ！

「殺し合いは止めだ。俺たちは誰も殺そうとしてない。お前は燭台を盗みに来ただけで、実際はまだ盗んでないし、俺に悪意があったわけでもない。延倉はまだムカついてるみたいだが、こう考えようぜ。あのガレージは普通じゃない」

延倉がまたキレてなにか叫ぼうとしたので遮《さえぎ》った。タジマはソファにもたれかかって俯《うつむ》いている。

「なあ、タジマ、タジマだな？」

少し開くようになった目蓋を僅かに動かして男が頷《うなず》く。

「お前に欲があったのは間違いない。頼まれた仕事をバックレて、夜中にこっそり金目のものだけ盗もうとした。そいつは外から簡単にアクセスできる場所にあったし、自分以外の誰もそいつの価値に気付いていなかったからだ。魔が差すってやつだな。だが出来心が起きても実際に実行するやつは少ない。お前は実行した」

「すみませんでした！」

今度はさっきより少し声を抑えている。延倉が舌打ちして、タジマの膝のあたりを軽く蹴飛ばす。

「大事なのはここからだ。きっとお前は憶《おぼ》えてないと思うが、真っ暗なガレージの中でお前の目は黄色く光ってた。ついでにこう、逆さまにな、蜘蛛《くも》みたいな格好で天井に張り付いてカサカサ動いてたんだ。想像してみろよ。マジで気持ち悪いだろ？　悪魔憑きってやつさ」

無言。沈黙。二人の表情は見ないようにした。

「仕方なく殺そうとしたんだ。マジで気持ち悪かったからな。逆の立場になってみろ。たぶんお前だって殺そうとしたはずだ。だからまあ、勘弁してくれ」

また短い沈黙。

「保険証くらいは持ってるだろ？」

相変わらず口が開いているかはわからないが声は聞こえた。

「ハイ。保険証。オッケーです」

「そういうことだ。なあ延倉。こいつに悪気はなかった。魔が差したのは本当だろう。だが実行したのはこいつの意思じゃない。お前のことをナメてるとか、利用してやろうとか、そういう悪意があったわけじゃないんだ。こう、蜘蛛みたいに逆さまに……」

俺の必死のジェスチャーを見て延倉が笑った。

懐中電灯を片手に三人でガレージへ向かった。時刻は午前二時二十分。タジマの血が点々と床に黒いシミを作っていて、以前より不気味になっている。犬の置物は俺が暴れたせいでいくつか壊れたりどこかへ飛んでいったりしていた。祭壇代わりの長方卓も倒れている。

「お前はなにがそんなに気になったんだ？　気味の悪い死人の痕跡なんて珍しくないだろ？　単なる想像力の問題だ」

だがその想像力が必要になることは多い。死人の遺品を買取るときは特にだ。散らかった犬の置物を整理、分類しながら並べ直す。倒れた台を起こして、純金の燭台を二つとロザリオを拾い、よくわからないボロボロの木像と合わせて台の上に置いた。

「この犬の名前、知ってます？」

「犬種か？　見たことはあるけど名前は知らねえよ。俺は猫なら山ほど飼ってるが、

る。

「犬は飼ったことがない」

「シュナウザー」

へえ。こいつが知的な面を見せるのは珍しい。パワー労働以外にも得意なことがあ

「飼ってるんスよ。今まだ二歳です。それで僕も嫁さんもこれ見た瞬間に気分悪くなって。なんも関係ないのはわかってるんですけど、この仕事、下心がまったくないわけじゃないですし」

ロザリオはそれほど古くないが、たくさん珠《たま》のついた本格的なやつだ。木像は海外のアンティークショップなんかでよく売ってる十九世紀頃のやつで、木製で時代感はあるが特別なものじゃない。

「こいつは死んだ愛犬を弔うためのもんじゃないと思うぜ。置物はただの趣味、執着や嗜好《しこう》だ。だから家の中にもたくさんある。好きだった。それだけだ」

だがロザリオは違う。聖母マリアの祈りで使う。この大きさのやつはもっと長い祈りでも使う。そして肌身離さず持ち歩く。ここは心中した男が最後に祈った場所だ。

カトリック信者は普通神との対話は懺悔《ざんげ》も含めて教会でやる。個人でできることは一方通行の祈りだけだ。ロザリオがここにあるなら、男はここで最後の祈りを捧げ、神の下を去ったってことだ。

「家には犬を飼っていた気配すらなかった。ずっと昔に死んでて、でももう飼えない

事情があったんだろ。安心しろ。家中全部を調べたが、飼い主が死んだ後、犬が放置されていた形跡はなかった。犬の毛一本落ちてなかったぜ」

さて、燭台はどうするか。

「一応不動産屋には念押ししました。売れるもの、カメラとか絵とかちょっとしたアクセサリーとか、そういうのも全部こっちで処分していいかって」

「それで？」

「小遣いにでもなんでもしてくれ、です」

そいつはツキがあったな。俺にとっちゃ面白くもなんともない仕事だったが、金はないよりある方がいい。

「俺が買うか？」

「いや、二つあるし。一個持っていってください」

「そんなら荷物の代金だけ払う。家の中身が五万。そこのロザリオが二万。全部で七万だ」

金を数えて延倉に渡す。それから……

「オイ！　お前の病院代だ。両目は見えるか？　耳は聞こえるか？　歩けるな？　保険証は？」

「オッケーです」

俺が殴りまくって顔の形が変わってしまった男に二万渡す。

「必ず今日中に病院へ行け。怪我のことを訊かれたら、悪魔祓《ばら》いを受けたと言っとけ」

左手のロザリオを眺めながら、車を取りにコインパーキングへ向かう。残りの荷物は家に残ってる二人が箱詰めしてくれてる。真夜中で、側《そば》にある川からの風が冷たかった。上等なロザリオだ。敬虔《けいけん》な信者が持つのに相応《ふさわ》しい様式と精緻さを備えてる。

　ハイエナか追い剝ぎか、山賊みたいな連中に散々家を荒らされて怒ってるか？　祟《たた》るなり取り憑くなり好きにしてくれ。俺は他のやり方を知らない。俺は俺の人生しか生きられない。誰かの苦しみも、神も、俺にはわからない。売れるものならなんでも買取る。空家を頼まれれば、床下から天井裏まで調べて、金目のものを探し出して買取る。あんたの遺してくれた品のおかげで、今月も店の家賃を払える。飯も食えるし、暖房を使うこともできる。娘を水泳教室に通わせることもできるし、五匹いる猫に少しはマシなキャットフードを食わせてやることができる。妻も美容室にいける。また誰か死ねば、今回の稼ぎを持って次の冒険に出向くことができる。だから感謝してる。祈り方は知らない。弔いの仕方も、死者にかけるべき言葉も知らない。でも感謝はしてる。ありがたいと思ってるよ。

「あれは、どういう人の作品?」

店の奥の壁にパネルが二枚掛けてある。五〇センチ四方くらいの黒い樹脂の板に、砲弾や弾丸で何度も撃ち抜かれたような穴だらけで歪《ゆが》んだ銅板が貼り付けてある。

「さあ。俺はよく知らない。自殺した芸術家志望の若いやつのだ」

よく尋ねられる。芸術は造形も色彩も俺にはよくわからない。銅板はどちらも半分だけ濃い緑で塗られている。二つのうち片一方のやつには、ひときわ大きな穴がギザギザに捲《めく》れたように空いていて、その奥に皮を剝いだ肉みたいな色と質感の膨らみが見える。お世辞にも上出来だとは言えない。素人か学生のものに見える。そんな感じのやつだ。俺は彼の物語をよく知らない。以前この店をやっていたおっさんが十数年前に可愛がっていた若者らしい。この店は俺が始めたわけじゃない。三十年前にそのおっさんが始めた。おっさんが死んだとき、身内も友達もいなかった。それで当時一緒に組んで仕事をしていた俺が丸ごと全部引き受けることになった。俺以外に誰も後始末をできる人間がいなかった。他に方法がなかったんだ。

おっさんが死んでからも数年間は昔の知り合いや客だという人間がたまに店を訪ねてきた。さすがに同業の連中は人の噂《うわさ》でおっさんが死に、俺がそのまま店を続けているのを知っていたが、個人的な知り合い、昔の恋人や一度だけ仕事を頼んだことがある客なんかは、その死を知る術《すべ》がなかった。ただ店はそこにあり続けている。それで久しぶりに訪ねてみると「あれ、お店の人、変わった？　前のオーナーは……」という具合になるわけだ。

「死んだよ。もう何年も前だ」

そしておっさんの最後がどんなだったか、俺がなぜ店を続けているのか、簡単に説明する。相手との関係を俺の方から尋ねたりはしない。まあまあ評判の悪いクソジジイだったし、とにかく女癖が悪すぎて、若い女も中年女も明らかなオバハンですら、おっさんの守備範囲だった。どれが客で、どれが単なる知人で、どれが〝そうじゃない〟のか、面倒くさすぎて知りたくなかった。

その女もそんなふうにして店を訪ねてきた。白いブラウスにグレーのパンツ姿で、まだ三十代に見える。清楚《せいそ》な印象の美人だ。きっとこいつはあのおっさんの本命だっただろう。だがそんな話は聞きたくないし、俺とは関係ない。

「あの……○○さんは？」

「死んだよ。もう何年も経つ。必要なら墓にも案内してやる」

女が息を呑《の》み、真っ白な顔が青ざめる。もう何十回話してきたかわからない、いつもの話をしてやらなきゃならない。うんざりするが、目の前の女に罪はない。美人なだけマシだ。

「……というわけで、俺はおっさんの身内でも弟子でもないが、この店を続けてる。他にやりようがなかったんだ。あんたみたいに訪ねてくるやつは、たまにいるよ。なにしろ死んだのが年末で、大晦日と元日に葬式を出した。誰に電話で知らせられる？まったく最後までデタラメなおっさんだった」

女はその控えめな態度や美貌から、絶対におっさんの本命の〝女〟だったと思ったが、どうにも事情はもう少し複雑だった。

「もう十年以上前になりますが、弟がよくお店に出入りして、可愛がってもらっていたんです。大学で美術をやって、古美術に興味もあったみたいで、よく懐いていたと思います。家でもよくお話を聞きましたから」

いや、あのおっさんが若い男を可愛がるとは思えない。弟子だのなんだのと都合のいいことを言って、こき使っていたに決まってる。それかこの姉貴が目当てだったはずだ。突然の若死にだったし、死人の悪口を言うのは憚《はばか》られるってな具合で、今では誰も死んだおっさんを悪く言うやつはいない。だが俺にはろくでもないクソジジイだったと悪態を吐《つ》く権利がある。こんな時代遅れで全然儲からないクソみたいな店を今でもやってるのは俺なんだ！　女癖は最悪で、買取りも泥棒同然のクソ値で儲けていた世代だ。俺が同じ看板で店を続けることで得られたのは信頼と実績じゃない。スケべでケチな泥棒野郎の評判だけだ！　クソったれ！

「弟は自殺しました。五年前です」

　は？　それじゃおっさんの悪口はなしか？

「そんな亡くなり方でしたから、お伝えするのも逆にご迷惑かと思っていたんです。ただ弟の荷物の中にいくつか〇〇さんにお渡しした方がいいかなというものがあって」

　話がよく見えてこない。一応買取りの依頼ってことでいいのか？

「おっさんはもう死んでるぜ。俺でよければ買取るけど、なんなんだ？」

「あの、そんな買取るとか、そんなものではないんです。弟の作品です。ご迷惑でなければ受け取っていただけませんか？」

　売れないものは買えない。素人だか芸大生だかの作品もだ。だが捨てるわけにもいかないだろう。こいつは特別な縁ってやつだ。そして当事者はどっちも死んでる。

「俺はべつに構わない。いつでも持ってきてくれていいし、俺が取りに行ってもいい」

「すみません、無理をお願いして。明日はお店にいらっしゃいますか？」

どういう女だろう。本当に弟のことだけなのか？　こんな美人の姉がいたら、あのスケベジジイが黙っていない。

「あんた自身もおっさんと？」

狙ったわけじゃないが微妙な聞き方になった。

「はい。弟がお世話になっていましたし、素敵なお店で、私も何度かお邪魔させて頂きました。あ、ほら、あの時計。昔からありましたよね？」

明治四十二年製のユンハンス。店の品は定期的に市場で売って入れ替えるが、そいつはおっさんのお気に入りだった。俺も気に入ってる。

「ああ。そいつはずっとある。それから明日は毎月恒例の墓参りだ。月命日なんだよ。あんたも一緒に行くか？」

「お墓はどちらに？」

「六甲の山ん中だ。死んだ母方の親戚やらのやつらしい。頼んでそこに埋めてもらった」

女がどんな表情や態度だったのかよくわからない。俺はあまり他人の顔を見ない。目も合わせない。まあ、見ていてもどうせ憶《おぼ》えていない。興味がないんだ。

朝九時に店の前で待ち合わせた。花はいつも同じスーパーマーケットの花屋で六百円の仏花を買ってるからいらないと言ったのに、女はえらい豪華な花束を用意していた。

「ちょっと待っててくれ。バケツとタワシを取ってくる」

店のシャッターを半分開けて、奥の物置からそいつを取ってきた。バケツの底には箱入りの線香と顆粒《かりゅう》の除草剤もある。何年も毎月行ってるんだ。俺には墓を〝参る〟なんて感覚はない。放っておくと草が伸びて気色悪い虫や恐ろしい蜂が集まってくる。こまめに草を引いて除草剤を撒《ま》き、墓はバケツの水をぶっかけてタワシとブラシで擦《こす》る。十分かそこらの作業だ。墓守りというより掃除人に近い。

紙袋と花束を持った女を後部座席に座らせ、バケツを助手席の足元に放り込む。車のエンジンをかけるとナビゲーションの不気味な声に続いて音楽が流れ出した。ベートーベンの五番。クレンペラーのやつだ。

「音楽は問題ないか？」

後部座席の女に声をかける。

「はい」

美人で声もいいというのはずいぶん恵まれている。自殺した弟のことは会ったこともないし俺は知らないが、きっと美貌の青年だったはずだ。それから……音楽のボリュームを目盛り二つ分上げて、走り出した。背後の女の控えめな気配を感じながら、なぜか確信した。こいつにはあのおっさんも手出しできなかった。特別な雰囲気がある。スケベな道具屋のジジイじゃその薄い肩に触れることすらできなかっただろう。死んだおっさんはスケベでケチなクソ野郎だったが、バカじゃなかった。その程度のことは理解できたはずだ。

しばらく幹線道路を走ってから、山道に入る。女が後部座席の窓を降ろして外の空気を吸っていた。

「車酔いするのか？」

「いえ。ただ神戸市内も六甲山もすごく久しぶりで。気持ちいいですね」

どうだろう。俺には億劫《おっくう》なだけだ。ハンドルから手に伝わってくる路面の感触で、チビたタイヤがそろそろ限界だとわかる。また金がかかるのか。最近ずっとタイヤ代にすらならないクソ仕事ばかりだ。おまけに今はその余命僅かなタイヤとガソリンを減らしながら墓場に向かってる。なぜ俺が？　わからない。ただそうすると決めた。だから自分の決めたルールを守ってるだけだ。他に意味や目的はない。女はいてもいなくても同じだ。俺は一人でも行く。十五分ほどの山道は曲がりくねって鬱陶しいが、もう慣れた。

女がなにか言おうと少し身を乗り出してくる。

「おっさんのクソ話ならいくらでもできるが、弟の話はやめておけ。俺になにかマシなことが言えるとは思えない」

女が顔を引っ込める。

「ごめんなさい。少しおかしくって。弟が〇〇さんのお世話になっていた頃、よくこんな山の中の……お寺ですかね？　確か見晴らしのいい、そんなところのベンチに座って、大麻を勧められたって。そんな話をしていて。少し変わった方でしたよね」

本当にろくでもないクソジジイだ。どういう了見と目的でそんなことになるんだ？

「しょうもないおっさんだったからな。若作りだっただろ？　伊達《だて》を気取って、いつも格好つけててさ。実際はただのエロジジイで、運の他には何も持ってなかった。その運も尽きた。だから死んだ」

山道からさらに険しい鬱蒼とした真っ暗な脇道に入る。その先が墓地だ。一応霊園って格好だから車を停《と》める場所はいくらでもあるし、簡易便所や井戸水を引いた水道もある。だが俺はこの墓地で彼岸や盆、年末以外で誰かを見かけたことがない。おっさんの墓に至っては、俺以外に墓参りに来てるやつの気配すら感じたことがない。ようするに、ここは寂しいところだ。俺は静かで嫌いじゃないが、弟を自殺で失った姉を案内するのに相応《ふさわ》しい場所かどうかはわからない。


先月俺がステンレスの花立《はなたて》に挿した仏花が腐って生臭い不潔な臭いを放っていた。いつものことだ。

「こいつを捨てて、花立を洗ってくる。バケツにも水を入れてくるから、そこで若い頃のおっさんのことでも思い出しててくれ」

少し離れたところにある鉄製のやたら大きなゴミ籠に腐った花を捨て、水道の蛇口を全開にしてバケツに水が溜《た》まるのを待った。水道は井戸水を引いたやつで、水圧がジジィの小便より弱くて毎回キレそうになる。女の用意した花束はリッチなやつだから花立に入らない。線香の脇にでも寝かせておくか。俺以外の人間が墓参りに来ることは滅多にない。しかも今日の客は美人だ。女好きのあのおっさんなら喜ぶだろうか？　いや、おっさんは死んでる。墓の下には骨があるだけだ。喜ぶもクソもない。骨はただの骨だ。

バケツに水を目一杯張って戻ると、女は屈《かが》み込んで砂利の隙間から頭を出している小さな雑草を抜いていた。白く細い指先を器用に動かして、丁寧に草を引き抜き、一箇所に集めている。

「少し下がっててくれ。バケツの水を直接ぶっかける」

女が立ち上がるのを待って、墓石にバケツの水を叩《たた》きつけた。真上からもかける。全部がびしょ濡れになると、タワシで擦った。毎月やってるから苔《こけ》や汚れはほとんどない。鳥の糞《ふん》くらいだ。一通り擦って磨き上げたら、また水を汲《く》みにいく。そいつを全体にぶっかけたら掃除は終わりだ。プラスチックの容器に入った除草剤をパラパラと全体に撒き、花立を戻す。今日はそいつに水を入れる必要はない。花束をそのまま横にして墓前に置く。ジッポーライターの火をつけた。湿った線香を十本くらい束にしてそいつに火をつける。

「線香はそこに立てればいい。半分やるよ」

そう言って女に線香を渡す。俺は残りを線香立てにブッ挿して、それで終わりだ。両手を合わせて拝んだりはしない。今日は珍しく海がガスってない。木々の隙間から神戸の海が見える。天気も上々だ。美人の客もいる。その美人は墓石の前に屈んで線香を立てると、手を合わせ目をつむった。

骨は骨だ。海も見えなきゃ美人の姿も匂いもわからないだろう。だいたい墓石の横の石碑には二十人以上名前が彫られてる。どう見ても全員分の骨壺《こつつぼ》が入るスペースはない。古いのから順番に中身を空けて木綿かなんかに包んで適当に押し込んでるはずだ。もうどれが誰の骨かなんて区別がつかない。それもいつか土に還る。

「ありがとうございます。それであの、これなんですけど……」

女は立ち上がると、紙袋から厚手のビニールに包まれた銅板のオブジェを二つ取り出した。

「なんだかわからねえな。戦争とか、平和とか、そういうやつか？」

「さあ、私も詳しくはわかりません。弟が亡くなったあと、少しずつ部屋を片付けてきたんですけど、これだけが最後まで残ってしまって」

「まあいいさ。買取るってわけにもいかねえから、店に飾っておこう。そんなに悪いアイデアじゃないだろう？」

「はい、ご迷惑でなければ……」

女が墓石の方を振り返る。

「おっさんは死んだよ。そこには骨が埋まってるだけだ。死人の承諾は必要ない。そいつは一旦しまって、店に戻ろう」


二人で歩いて階段を上り、墓地の区画を抜け、車の手前まで戻ったとき、珍しく他の人間とすれ違った。その位置からは区画が全部見渡せる。

「珍しいな。ご近所さんだ。俺は何十回もここに来てるが、初めて見た。ほら、二つ隣だぜ」

茶色っぽいウールの上着を着た、六十代くらいの男だった。ひどく丁寧に墓の手入れを進めている。

「煙草吸っていいか？　いつもここで一本吸ってから帰るんだ」

女は小さく「はい」と返事をして、俺と並んで同じ男を見ていた。男は墓を一通り磨き洗うと、用意してきた花を花立に挿れた。それから、一歩後ろに下がって、自分の撒いた水で濡れた地面に膝をつき、土下座をするような格好で、額を地面に押し付け、じっとしている。

「映画やドラマでしか知らないが、あれは韓国とか、朝鮮のやり方だよな？」

「あ、はい。確かにそんな気がします。私もよくは知りませんけど」

「実際に見てみると、案外きれいな仕草だな。悪くない。俺みたいな雑な掃除人とは違う。先祖の霊とか、なんだかわからないが、敬意やリスペクトを感じる」

「毎月必ず来られるあなたも……」

「行こうぜ。店に戻ってそいつを飾る場所を決めよう」


そんなこんなで謎のオブジェは今も店の奥の壁に二つ並んで飾ってある。質問してくるやつはいても、買いたいという人間は現れない。美人の姉はあれから二回ほど店に来て、俺はおっさんの女癖の悪さをクソミソに言って女を笑わせた。

そして今日もまたどっかの誰かが訪ねてくる。

「いやぁ、大将。お願いしたいんだ。妻の四十九日が終わってね。納骨も無事に済んだ。あいつの着物やらハンドバッグやらが、もうとんでもない数あるんだ。見に来てくれないか？」

最低のクソ仕事だ。着物はどんな上等なやつでも金にならないし、女物のハンドバッグやブランド品は俺の仕事じゃない。

「なあ爺《じい》さん。売れるならなんでも買うけどな、着物もバッグも売れないぜ。俺は骨《こっ》董《とう》屋だ。見るだけなら構わないが、あんまり期待するな」

「いいんだ、いいんだよ。とにかく見に来てくれ。そのままってわけにはいかないんだ。どうすればいいか教えてくれよ」

依頼があれば、いつでもどこでも行くのが俺の仕事だ。実際は儲かる品や荷物が出てくることなんて滅多にない。だが、爺さんのいう通り、どうすればいいか教えてやるのも仕事のうちだ。人が死ぬか、死んだ誰かの家が売れれば、電話が鳴るか誰か訪ねてくる。こいつはそういう仕事なんだ。べつに俺は死神じゃない。俺が年寄りを殺してるわけじゃないからな。ただの不吉な男だ。

呪いというのは悪意を具現化したものだ。体系や技術は重要じゃない。店に古い神棚がある。なにも祀《まつ》っていないし、俺はそういうことに興味がない。ただ古びた見た目と大工の仕事が気に入ったので飾ってあるだけだ。だがいつか出来心でそいつの前に一組の猪口《ちょこ》を置いてしまう。その方が見た目の収まりがいいからだ。空の猪口を置くのも変だなと思い、それに水を注ぐ。脇に少しスペースがあるから、今度はそこに古備前《こびぜん》の角徳利《かくどっくり》を置く。やはり水を満たして。水は放っておけば腐る。腐る前に替えようと思う。どのくらいの周期で？　それを決めるべきか？　それとも毎日自分の目で見て確認すればいいのか？　猪口のやつは見ればわかる。腐るより減る方が早いから、週に一度は器ごと洗って水を入れ替えよう。備前の徳利は中身が見えない。口がすぼまってるから猪口より減るのは遅いが、そのぶん腐る可能性が高い。最低でも月に一度は洗って替えよう。呪いというのは、そんなふうにして作られる。水を替え忘れたら？　猪口の水が干上がっていたら？　徳利の口に埃《ほこり》が積もったら？　正月だからと水ではなく酒を注ぎ、そいつをすっかり忘れてカビが浮いていたら？　猪口の向きが左右揃《そろ》っていなかったら？　器の中にゴキブリの糞《くそ》が一粒落ちていたら？　そのときは、想像の中の神が俺を殺す。俺は自分の生み出した神の悪意に殺される。強迫神経症は自分の中の凶暴な悪意を自覚させてくれる。それを他人に向けるか、自分に向けるかの違いはあるが、悪意の習慣が呪いを作る。俺は他人の悪意に敏感だ。俺を憎んでいて、真っ直ぐに悪意を向けてくるやつがいれば、すぐにわかる。ムカつくが手当たり次第に全員を殺して回るわけにもいかないから、大抵は無視することにしてる。連中がその悪意を具現化して俺を呪うのはいつだろうな。だが俺は悪意が服を着て歩いているような男だ。俺を呪い殺すのは簡単じゃない。

携帯電話からの着信。時間はもう午後四時を過ぎている。それでも仕事の依頼ならありがたい。どうか、幸運の電話でありますように。

「もしもし」

「……あぁ、買取り屋の？　合ってる？　古いもの買いますって。あの看板の？　私はね、〇〇川沿いのあれで、住所は……」

いきなり雲行きが怪しい。声のトーンが不吉だし、耳が遠そうだ。雨まで降り出した。声を張る必要がある。

「ああ、その買取り屋だ。具体的になにを見てほしいとか、そういうの？」

「古いものだよ！　死んだ兄貴の家なんだけどね……なんだろう、丸いのとか、四角いのとか、赤いのや黒いの。いろいろだよ。兄貴は身体が弱かったからね。剣術をやらせてもらえなかったんだ。だがね、なかなかのもんさ！　古いよぉこれは。なあ……」

なんなんだこいつは。こんな気色悪い電話は初めてだし、とにかく不吉な野郎だ。

「まあ、いろいろあるなら、見てみなきゃわからん。希望の日時と住所を教えてくれ」

「よかった。今から頼むよ！　場所は〇〇川沿いのね、番地は……」

マジかよ。雨が降ってるし、そろそろ外は暗くなる。だがいつだって当たりを引く可能性はある。一度きりのチャンスを逃して後悔したくない。

「オーケー。車のナビゲーションは高性能だが、もし住所の現場に着いても家がわからなかったらこの番号に電話するよ。まあ二十分はかからないと思う」

電話を切って、すぐに住所をグーグルの地図で確認する。市内なら大抵の場所は見当が付く。だが聞きなれない地名だった。そんな場所、あったっけ？　画面の地図がぐるりと回転して移動し、すぐに拡大されて目的地を表示する。なんだか面倒くさそうなところだ。普通の住宅地じゃない。小さな川沿いの土手の側《そば》だ。空き地だか荒れた農地だかよくわからない。おまけに全体としては崖の下みたいな地形だ。その日当たりの悪いじめっとしてそうな荒地の奥に、こじんまりした現代的な食品工場がある。その工場と背中合わせみたいな格好で、ボロボロの家屋がある。電話のジジィの住所が正しければ、現場はこの掘立て小屋のはずだ。荒地に一条の細い舗装路がある。俺の車で通れるのか？

住宅地の方から小さな橋を渡って携帯電話の画面で見た荒地の側に着いた。川の向こう側、今俺が来た方向にあったのは、古いが典型的な阪神地区の高級住宅地だ。人気は少ないが、今でもデカい家ばかりで、ガレージにはやはりデカい輸入車ばかり並んでいた。だがここはなんだ？　土手から一気に下り坂になり、車を降りて振り返ると、もう川もその向こう側も見えない。谷底みたいに陰気なところで、荒地はたぶん農地だ。今でも農地なんだろうが、荒れすぎてなんだかよくわからない。背後は黒ぐろとした木や草で鬱蒼《うっそう》としてる。雨が降ってるし、空はもう真っ暗だ。この場所から荒地の向こうの工場と掘立て小屋にアクセスする道は一つしかない。用水路だかドブ川だかわからないが、そいつと並行して細い舗装路が伸びている。一応ガードレールもあるし、道自体は新しい。たぶん工場への出入りに使うんだろう。小さい工場に見えるが従業員くらいはいるはずだ。だが工場と掘立て小屋の関係がわからない。この道を進んでも工場の駐車場に着くだけでは？　それとも工場も掘立て小屋も電話のジジイのもので、その駐車場を使えってことか？　ジジイの番号へ電話を折り返す。

「もし……」

「バックでお願いします！　家の前まできたら誘導するから。バック！　後ろ向き！」

イカれてるのか？　だが意味はわかる。たぶん工場とボロ屋は関係ない。工場の敷地を使って車の向きを変えることはできない。この細い舗装路をバックで進み、そのままボロ屋にケツを突っ込めってことだ。

予想以上にヤバい。家は間違いなく十年以上誰も住んでいなかったはずだ。日当たりの悪い川沿いの湿った土地に放置された掘立て小屋はグズグズで、今すぐ、まあ二時間もあれば解体して撤去できそうだ。敷地は伸び放題の草木に覆われて真っ暗なだけでなく、足元は腐った枯葉やらなんやらでぶよぶよしてる。目の前にいるのは、ずんぐりと太った背中の丸い白髪頭の老人だ。そこらで拾ってきたみたいな服を着てる。片足を引きずり、半分閉じた片目が白く濁っている。首がやたらと前に突き出していて、後ろから見ると頭がないように見える。人を外見でとやかく言うのは悪趣味かも知れないが、ジジイは雨の中、この湿って真っ暗な廃屋から登場するのにぴったりの風貌だ。俺以外の道具屋ならこの時点で適当に言い訳をして帰ってる。片目をギョロギョロ動かしながら唇の端を神経質にピクピクさせ、ぐいと首を伸ばしてこっちの顔を覗《のぞ》き込んでくる正体不明のジジイと一緒に暗い廃屋に入っていくのはリスクがデカい。俺は上着のポケットに現金で三十万入ってるし、車にも百万置いてある。しかもジジイが一人とは限らない！　同じ体型と顔をしたもう少し若いのや二百歳くらいのが待ち構えてる可能性もある。だからこの仕事は二人組でやることが多い。買取りに来る業者はまとまった現金を持ってるから狙われやすい。だが俺はどんな現場も一人でやる。もしジジイが人喰《ひとく》いのバケモノなら殴り殺す。強盗なら殴り殺す。家に他の仲間がいるなら全員殴り殺す。オーケー。方針は決まった。問題ない。

案内された六畳間はひどい有様だった。壁はカビだらけだし、畳は腐ってぐにゃぐにゃに歪《ゆが》んでいる。天井板は湿って剝がれそうだし、出口を探してチョロチョロと水の流れる音が聞こえる。どこかで雨漏りしてるに違いない。そこにジジイのチョイスした品物が並べられている。残念ながら明かりはない。ジジイの持つランタン型のキャンプ用LEDライトと俺のペンライトだけだ。不気味な光景だが、今のところジジイから悪意は感じない。風貌が独特すぎてなにを考えているのか表情や声から想像がつかないし、いきなり突拍子もないことを口走ったりするが、たぶん耳が遠いせいだ。本人は普通に会話してるつもりなんだろう。

「こんなのは立派なものだと思うんだよ。プロのあんたが見たらどんな感じだい？」

「塗り物はダメだ。数物《かずもの》の漆器、幕末や明治出来のやつはアホほど出てくるし、買い手がいない」

「これはね、兄貴はなにしろ身体が弱くて、剣術をね、やらせてもらえなかったんだ！　それで弓さ。時代もんだよ。まあ使い方はさっぱりだけど……」

弓道具はなかなかの値打ちものだった。昭和初期のだと思うが、弓懸《ゆがけ》も弓も十二本ある矢も全部上等なやつだ。弦巻からギリ粉入れまで、何もかもが玄人用。ちゃんと売れる。

「なな、こんな、こんなのはどうなんだい？　見てみたけどなーんにもわからない。古いことは古い！　間違いない！　まだ奥にもいろいろある……」

そう言ってジジイは濁った方の目を無造作にぼりぼりと掻《か》きながら、片足を引きずって廊下の奥の暗闇に消えていった。不気味すぎる。チョイスされた掛軸の状態はクソ以下で、触った途端に崩壊するようなやつばかりだが、十七世紀の黄檗《おうばく》の書がある。なんでこんな古いのがあるんだ？　他のやつもくしゃくしゃだし作者不明も多いが、だいたい十七世紀から十八世紀のやつだ。こんな安普請の掘立て小屋になぜ？　死んだ誰かにそんな趣味があったにしては状態が悪すぎるし、箱が全然ないのも不自然だ。まさか三百年前からずっとこの場所に住んでたのか？　田舎の山の中ならあり得るが、この環境と地形を見た感じではなんともいえない。

暗闇の向こうから謎の低音が聞こえる。ドン、ドン。ドン、ドン。それから仏壇のリンを鳴らしたような澄んだ金属音。チーン、チーン、チーン……なんなんだ！　まったく意味がわからない！　俺じゃなかったら絶対にもう逃げ帰ってる。暗闇にジジイの顔と白い頭が浮かび上がり、少し遅れてずるずると片脚と黒いゴミ袋を引きずって全身が現れた。

「あんたは信用できそうだね。うん。信用できる気がする。これで全部ってわけじゃないけど、まあだいたい全部」

ジジイがそう言ってゴミ袋の中身を腐った畳の上にぶち撒《ま》ける。掛軸の空箱がいくつか。錆《さ》びた鉄瓶。サーベル型の軍刀拵《こしら》え。デカい箱に汚い木綿と一緒に詰められた呉須手《ごすで》の大鉢。掛軸よりさらに古い面頬《めんぼお》が二つ。ずるずるに黒ずんだ木刀らしき棒。ボロボロの壊れた箱とその中身らしき陶磁器。俺がペンライトを咥《くわ》えてそいつらを一つずつ調べていると、またチーン、チーンとリンの音が聴こえた。顔を上げてジジイの方を見ると、片手の指で器用に古い二つの仏飯器《ぶっぱんき》を挟み、意味不明な指の動きで真鍮《ちゅう》製のそいつらをぶつけ、音を鳴らしている。なんなんだよバカ野郎！　イカれてるのか？　確かに普通じゃないが、自分に言い聞かせるしかない。ジジイがどんなに不気味でヤバいやつでも、殴り合いなら俺の方が有利だ。立ち上がって腰の入った渾《こん》身《しん》の一発を横っ面にぶち込めば一瞬で勝負は決まる。びびる必要も焦る必要もない。ナメるなよこの野郎。悪意を感じたらいつでもぶっ殺してやる！

それにしても予想外だ。ジジイかその死んだ兄貴とやらは泥棒だったのか？　こんな惨めったらしい掘立て小屋から年代はバラバラだが金になるものが次々出てくる。

ジジイは妖怪か？　本人に尋ねる方が早い。

「状態はクソなやつが多いが、時代もあるし、そこそこ売れるやつも多い。真っ当な値をつけて買うよ。でもこの家はなんなんだ？　なんでこんな古いものばかりある？」

ジジイの見える方の目がギョロっと動く。

「死んだ兄貴が継いだ家なんだ。嫁さんはずっと前に病気で死んだ。兄貴も死んだから、私がね、今さらどうもこうもないんだが、まあ私しかいないんだからさ。相続したさ！」

まったく答えになっていない。あの真っ暗な廊下の奥にはなにがあるんだ？　だが俺の直感が告げている。ジジイは泥棒でも詐欺師でもない。イカれてるだけだ。そして、たぶんだが、もうすぐ死ぬ。金も土地も今さらどうしようもない。

「まあいいさ。盗品じゃなけりゃ構わない。ここはあんたの家で、品物は家にあったものだ」

「そうだよ！　なにしろ古いんだ。兄貴もこの家も、私もさ！」

俺の見立てと金額を伝える。

「充分だよ……あんたは信用できるね！　でもやっぱりあれはダメなのかい？」

「漆器はダメだ。いらないなら全部まとめて三千円で取ってもいいが、嫌ならやめておけ。俺は欲しくない」

「ならそれでいいよ。使い途《みち》があるわけじゃない。それと一緒に頼まれてくれないか？　もちろんタダでいいんだ。あいつ、あいつ」

そう言ってジジイがまた廊下の奥の暗闇に消えていった。不気味だ。アトラクションだったとしてもやりすぎって感じがする。そしてまた謎の重低音。ドスン、ドン、ドスン、ドン。しばらくして、ジジイの帰還。もちろん顔の浮かび上がる演出付きだ。今度は赤と黒の漆で塗られた角樽《つのだる》を持っている。

「勘弁してくれよ。そんなもん売りようがない。ゴミにしかならねえぞ」

ジジイが六畳間の出口にそいつを置く。

「だからタダでいいんだ。なかなか年季ものだろう？　飾ろうが捨てようが好きにしていいからさ」

俺の計算ではジジイに二十五万払って、悪くても五十万、運が良ければ八十万にはなる。右から左に売れるものばかりじゃないが、悪くない仕事だ。角樽の一つや二つ、多少邪魔でも我慢できる。金を数えてジジイに渡す。

「悪いがなんでもいいから身分証を確認させてくれ。あんたの話や存在そのものを疑ってるわけじゃない。決まりなんだ」

身分証の生年は昭和六年だった。長生きしすぎだ。今すぐ死んでもお釣りがくる。相続人はジジイが最後か？　この土地は隣の工場の社長が買ってくれるのか？　きっと俺と同じくらいジジイも興味がないはずだ。その程度の寿命しか残っていない。

真っ暗だし雨も降っている。幸い車はジジイの助言通りバックでケツから家の真横に突っ込んであるから、荷運びは簡単だ。

「それじゃ、勝手に積んでいくぜ。手伝わなくていい。脚も悪そうだし、無理するな」

そう言って、最初に一番邪魔でどうでもいい角樽を摑《つか》んだ。摑んだ瞬間に中身がまだ少し入ってることがわかった。底の方で液体が揺れている。

「おい！　これ中身が……」

「タダでいいんだ！　ダメだよ！　タダで頼むって！　タダ！　タダ！」

半分閉じた濁った目。よく動く見える方の目。首だけが前に突き出ていて、丸まった背中。不気味なジジイだ。そいつは今日一番の不吉な叫びだった。角樽は幕末か明治初期くらいのものだ。祝いの酒なんかを入れる。または入れて運ぶ。上蓋に木栓のあるタイプだ。漆で屋号らしき漢字二文字が書かれている。まあ、どうせ俺はこいつを捨てる。売り先がない。市場でも断られるだろう。得体の知れない腐った液体の存在はマジで気持ち悪いが、数十万の利益を思えばそいつも我慢できる。とにかく車の中で倒れて漏れたりしなければいい。

店の真ん中に置いてあるイングリッシュオークの分厚いダイニングテーブルに買取ってきた品を並べる。今回は長物が多いし軸も多いから一度検品もしながら整理した方がいい。なにしろ現場は暗かった。見落としてる問題点があるかも知れない。濡らして絞った木綿を片手に、軽く埃を落としながら、品だけでなく頭の中も整理していく。誰になにをいくらで売るのか？　どこの市場にどのタイミングで出すのか？　値幅はどれくらいある？　俺は買取りが専門だ。基本的に小売はしていない。買取った品はジャンルや金額ごとに直接同業者に売る。競りの方が向いてるやつは市場だ。ネットが一番高く売れるやつは自分でネットオークションに出品もするが、面倒なのである程度単価の高いものしかやりたくない。数千円のものを週に何十個も写真撮影してネットに出品し、一週間後にそいつらを全部梱包して発送するなんて、俺みたいに横着なおっさんが一人でやるような作業じゃない。

一通り検品を済ませて、それぞれの品の売り先も頭の中で整理できた。漆器類はダメだと思うが全部箱に詰めて市場に出すしかない。思っていたよりも状態は良かったから数千円で誰か取ってくれるかも知れない。最後にあのクソったれだ。邪魔なので店の外に放ってある。どさくさで市場の荷物に混ぜることも考えたが、デカすぎてこいつだけ返されそうだ。返されたら二度手間になる。この場でバラして燃えるゴミにした方がいい。問題は中に残ってる謎の液体だ。腐った水かなにかだと思うが、そいつを店の奥のシンクに捨てるか、雨だし外の排水溝に捨てるか、店の前の川に直接ぶち撒けてもいい。臭いがないなら雨に濡れるのも嫌だし店のシンクでいいが、強烈な臭いの水以外の液体だったら最悪だ。多少濡れても外で作業する方がマシだろう。木栓を抜いて作業するつもりはない。天の蓋板を割る。それならひっくり返すだけで一気に中身を捨てられる。適当なノミが見当たらなかったが、鉋《かんな》の刃とゴム製のハンマーで充分だろう。百年以上前の木製品だ。ぶっ叩《たた》けば簡単に割れる。

嫌な予感があった。樽を手にしたときの液体の揺れる感触。なぜこんな古い樽のくせに一滴も漏れずにいるのか。なにか粘度の高いものだ。たぶん漏れないのではなく、ゆっくりと染み込んでいる。締め切った車の中でも特に妙な臭いはしなかった。俺は化学に詳しくない。どんな液体、物質なのかわからないが、店の中でやらない方がいい。外は真っ暗だし雨はどんどん強くなって今ではすっかり土砂降りだ。それでも外でやった方がいい。できれば店の前の排水溝ではなく、川に直接だ。店から遠ければ遠いほどいい。

川はコンクリートで完全に護岸されている。その縁に角樽を置いた。川面までの高さは約四メートル。店からの明かりが若干あるが、暗い。だが雨で水かさの増した川が今はやけに頼もしい。この水流なら気色悪い液体も一瞬で流されていくだろう。鉋の刃を平たい上蓋の中央に立て、上からハンマーで叩く。鈍い刃先が板に食い込む感触があった。次の一発で割れる。激しい雨の音。店のある文化住宅にはもう俺の店以外に灯《あか》りはない。川沿いの一軒家も年寄りの一人暮らしや空家ばかりなので、灯りも人の気配すらない。川の唸《うな》る音。どんどん激しくなる流れ。雨が冷たい。さっさと終わらせよう。狙いを定めてハンマーを振り下ろした。上蓋が真っ二つになって樽の底に落ちる。それと同時に二箇所の太い竹のタガが緩んで外れ、樽全体がバラバラになった。濡れた身体を脚の多い大量の虫が這《は》っていく感触。穢《けが》れ。思わず叫びそうになった。樽の残骸を川に向かって蹴り落とす。気のせいか？　コンクリートの縁は雨でびしょ濡れだし、川を見下ろしても液体どころか樽の残骸もない。不法投棄しちまった。まあ木だしそれはいいだろう。いつかどこかで朽ちる。とにかくクソ作業は終わりだ。さっさとタオルで身体を拭いて、できれば今すぐ家に帰ってシャワーを浴びたい。それでも今、この瞬間に俺にはやっておくべきことがある。携帯電話の履歴画面を呼び出す。ジジイの電話番号をタッチして《新規登録》を選ぶ。年齢や状況を考えれば、あのジジイにもう一度仕事を頼まれる可能性はゼロに近い。だが万が一、もう一度あのジジイから電話がかかってきたら、一発でそれとわかるようにしておくべきだ。新規登録の名前欄に《荒地のジジイ　呪いの樽》と入力して保存する。もしもう一度電話があったら？　俺は無視するのか？　そのための番号登録だ。ジジイは不気味すぎる。あまりかかわりたくない。だが、どうだろうな……俺はきっと心の準備だけして、あの掘立て小屋に向かうだろう。

今じゃ自分でも信じられないが、俺には会社員の経験がある。沖縄から戻って、しばらくは京都にいた。まだ酒を手放すことができず、外国人向けの安いゲストハウスで暮らしていた。今の妻から少しずつ働くことを勧められ、なんでもいいから正社員で働けるようになったら、両親を説得して結婚しようという作戦だった。俺はそれに従った。他になにもすることがなかったから。

正社員の仕事はすぐに見つかった。社員が十人と少しくらいの会社というよりただの酒屋で、配達や品出しのアルバイトみたいな仕事だったが、契約は正社員で、給料も二十万以上もらえた。今でも憶《おぼ》えている。面接が終わり、採用が決まると、野心家だった社長が雇った元銀行員の管理部長がゲストハウスの部屋へ俺を迎えにきた。俺は泡盛の一升瓶を抱えて、ひどい二日酔いだった。おまけに部屋には大麻の匂いが充満していた。

「荷物は？」

管理部長の男にそう訊《き》かれた。

「こいつだけだ」

一升瓶を持ち上げて、そう答えた。

それから男の運転で酒屋の近くのアパートへ引っ越した。不運だったのは、なぜか五年もしたらその会社が十倍以上デカくなっちまったことだ。

その頃の俺の肩書きは経営戦略室長というやつで、同時に人事と労務の責任者でもあった。当たり前だが、俺には経営戦略というのがなんなのか、人事や労務の管理というのがどういうものなのか、まったくわかっていなかった。俺だけじゃない。専務も常務も何人かいた部長連中も全員自分の仕事がなんなのか、わかっていなかった。俺たちはトラックを運転して酒やビールの配達をしてただけなんだ！　それがいつか酒屋はディスカウントストアになり、居酒屋や和食屋になり、商業施設のテナントで雑貨や食器を売るようになり、ロードサイドでドライブインやレストランをやるようになっていた。店舗は関西だけで六十以上あって、社員は一八〇人、アルバイトは一五〇〇人以上いた。俺も含めた数人の重役連中は、毎日ネクタイを締めて京都市内のど真ん中にある本社ビルの会議室に集まり、なにかいろんな数字やカラフルなグラフやチャートの書かれた書類をいじくり回していた。いったいどういうことだ？　とにかく俺が会社員を辞めた理由の説明は不要だろう。そんな仕事を続けられる方がどうかしてる。

思い出したいことは一つもないし、思い出したくないことは山ほどある。彼女は京都府内でも有名な、貧乏人しか住んでない公営団地の一室に、老いた両親と共に三人で暮らしていた。彼女は高校を出ると、家から自転車で通える工場に勤めだした。週に六日、休憩も含めて一日十時間働き、月の手取りは十二万だった。彼女の仕事は裁断された紙を折ったり糊付《のりづ》けしたりして封筒を作ることだ。二時間ごとに十五分の休憩がある。短い休憩の間に彼女はいつも夢を見た。市内中心部の高層マンション、優しい夫、結婚相談員と小説家を兼業する自分。価値のある暮らし。

俺が彼女に初めて出会ったとき、彼女は二十一歳か二十二歳で、小学生の頃に買ってもらった眼鏡をかけ、きっと一枚きりのくたびれた白のブラウスを着ていた。靴は白のスニーカーだった。会社の応接室のソファで、小さく震えながら、面接官である俺を待っていた。天然パーマの髪をひっつめ、化粧など生まれてこのかた一度もしたことがないという顔だった。簡単な会社案内の後、志望動機を尋ねると、彼女は俯《うつむ》きがちに細い震えた声で、少し早口に言った。今の職場に疑問を感じる。一秒でも早く封筒を作る。機械みたいに。誰かと口をきく機会もない。ただ封筒を作る。価値のある、意味のある人生を生きたい。今の私は無価値で、ただ暮らしのために追い詰められている。誰かと直接かかわれる仕事がしたい。両親にちゃんとしたものを食べさせてあげたい。未来が、将来が不安です。物語を書きたい。貯金もしたい。私は今、行き詰まっています……震えて弱々しい、小鳥のような声だったが、はっきりと聞き取れた。俺は彼女が必要とする情報を与えた。月に二五〇時間働けるなら、残業代と合わせて毎月二十七万支給できる。どんなに無能でもだ。二〇〇時間なら二十二万。だが楽な仕事じゃない。二年後自分が今より少しマシな人間になっていれば、給料は二〇%増やす。

全然勧められない働き方だった。もっとマシな職場はある。楽な仕事も、儲かる仕事も。それでも彼女には俺の提案が魅力的に映るらしかった。彼女は働くことを希望し、俺は採用した。俺が一番信用していた元宝石売りで詐欺師だった部下の男に預けて、彼女は靴下屋やディスカウントストア、和食屋なんかの店員をすることになった。

彼女はそんなふうにして一年半ほど店を転々としながら店員を続けた。少し垢抜《あかぬ》けて、化粧くらいはするようになり、メガネはコンタクトに変えた。革靴も買った。それでも痩せっぽちで俯きがちなところや、震えた細い声は変わらなかった。自信とは無縁だった。彼女の人生はまだ彼女にとって価値のあるものになっていないように見えた。
あるとき俺は彼女に、百人の人間の百通りの価値観を、理解できないまま、納得できないまま、一つも改変することなく、ただありのままの他人を、自分の中に放置しておくことができるかと尋ねた。彼女は迷わずに「そうあるべきだと思います」と答えた。俺は彼女に店長の辞令を出した。給料は二〇％増しにした。

彼女は自宅の団地から二十分で通える、初めて与えられた自分の店で、目一杯働いた。毎月会社の財形で五万ずつ積み立てをしていた。両親に液晶テレビを買ってやった。車の免許を取った。小型のバイクも買った。
彼女が入社して二年が過ぎ、三年目の春に会社の行事でホテルを借りた宴会があった。彼女はヒールの少しついた靴を履き、髪をパーマで真っ直ぐに伸ばしていた。相変わらず小柄で華奢《きゃしゃ》で、頼りない感じだったが、背筋を伸ばして笑顔だった。彼女が俺や社長、他の役員のテーブルに酌をするためにやってきた。俺はそんなことは必要ないと彼女に言った。俺やこのジジイどもはお前の人生を食い潰す。だから、いつか殺してやるつもりでいろと。

ある夜に彼女から電話があった。個人的に社員から電話があることは珍しい。俺たちは室町通りのバーで待ち合わせた。彼女は初めて会社の応接室で会ったときと同じ印象だった。同じようにか細い声で話し始めた。父親から長く虐待を受けてきたこと。母親と二人、今の団地を、京都を出て暮らしたい。彼女は泣いていた。カウンターに隣り合わせて座っていたから表情は見えなかった。俺は彼女に訊いた。お前の人生は少しくらいマシになりそうか？　彼女は消え入りそうなかすれた声で「はい」と答えた。俺は母親の離婚に必要な弁護士の連絡先を教えた。それから大阪の店への辞令を出し、中津のあたりに2DKのマンションを社宅扱いで借り上げた。

引越しの日、鍵の引き渡しと引越し業者の立会いのために彼女の実家を訪ねた。団地の二階、向かいにもう一部屋あるだけの踊り場のようなところは、正気を保つのが難しいほどに暗く、死の匂いがした。

引越し屋のトラックの隣に立っていると、彼女の母親が出てきて挨拶をした。俺にひどく感謝している様子だった。俺は他人の好意に興味がないので、適当に挨拶を返してあとは無視した。父親は出てこなかった。団地は空き部屋ばかりで、ほとんど人の気配がなかった。彼女の二十数年間を思った。俺はそれまで、肉体的にも精神的にも、彼女に触れたことがなかった。その日初めて、彼女の肉親を見、その人生そのものとも言える団地に居て、彼女の人生を思った。やりきれなくて吐き気がした。同時に彼女の歳《とし》に不相応な、少女性のようなものの正体に触れた気がした。少し気味が悪かった。なぜ世界はこうも狂っているのか。監獄のようなあの団地の暗がりから、少女は産み出された。誰からも愛されず、無視され続けた。少女のまま歳をとった。これから人生を取り戻すのだろうか？　だが取り戻すべき価値のあるものなどこの世のどこにもない。あるのは自分の人生だけだ。

俺が会社を辞めた理由なんてどうでもいい。そんなのは当たり前のことだ。なぜ続けられたのか？　そっちの方が俺自身も不思議に思う。社員の大半は俺が採用した。アルバイトもその俺が採用した部下が採用した若者たちだ。俺はそのことに責任を感じていた。たぶんだが、それが一番大きな理由だ。俺は大勢の若者たちを騙《だま》した。俺の作った契約書、俺の作った人事評価表、俺の作った教育マニュアル、俺の作った賃金テーブル、俺の作った……数えきれない！　俺は自分でも信じていない、重要だとも思っていないクソを大勢の若者たちや食いつめた貧乏人に押し付けた。それが俺の仕事だったからだ。俺は社長の一番のお気に入りで、会社を急成長させた立役者で、会社のシンボルで、全従業員のカリスマだった。全部嘘《うそ》っぱちだ！　俺は嘘吐《つ》きの酔っ払いで、ただの卑怯者だった。恥知らずのクソ野郎だ。俺は今でも自分を許すことができない。誰かに謝る権利すらない。永久に消せない反吐《へど》が出るほどムカつく臆病者の烙印《らくいん》。世界一ダサい男だった。

まったく、嫌になるよ。悲しいことが多すぎるんだ。人間の集団は邪悪だ。そこに俺みたいなクソ野郎が混じっていれば、いっそう酷《ひど》いことになる。二度と御免だ。俺はもう自分一人でやれる仕事しかしたくない。あんな惨めで悪質な道化をやるくらいなら死んだ方がマシだ。比喩じゃない。そのために毎月生命保険の金を払ってる。

赤いネオンで縁取りされた十字架が夜空に浮かび上がって見える。六甲山の端っこだ。山道の途中に自然公園がある。それから大きな貯水池があって、道路を挟んだ向かい側にその精神科病院はあった。携帯電話の画面に表示された病院のウェブサイトによれば、病院には病棟の他にも美術館やらバラ園やらいろいろな施設がある。十字架は敷地内の教会のものらしかった。俺が車を停《と》めた位置からはもう真っ暗でなにも見えないが、自然公園では過去に子供が二人殺されているし、たまに人骨も出る。目の前の貯水池でも事故で何人か死んでいる。地元では有名な話で、ここは不吉な場所だ。だが、精神科病院というのはそういう場所にしか作られない。家族にとっての厄介者を閉じ込めておくための檻《おり》。こいつが一般的な精神科病院と違うのは、認知症の年寄りが患者の大半を占めることだろう。老人のための、本当の意味での楽園だ。家族の手に余って入院した年寄りは、一人残らずここで死ぬ。生きて退院する者はいない。

　べつに用があるわけじゃなかった。真夜中に目が覚めた。俺は二度寝が苦手だ。顔を洗ってズボンを穿《は》き替え、車を出した。人気がなく静かで暗いところならどこでもよかった。そして山道を走りながら、病院のことを思い出した。先週俺の買取った荷物の持ち主は、ここで死ぬのを待っている。依頼者である娘（といっても七十過ぎの婆《ばあ》さんだ）は一人でほぼ寝たきりの母親の介護を十年以上続けてきた。いつどのタイミングで限界だと悟ったのかはわからない。とにかく、彼女は母親を自分一人で看取るのを諦めた。誰も責められないだろう。少なくとも俺は責める気にはなれなかった。


　最初の仕事は電話で頼まれた。紹介者はきっと市内にある教会の神父かその教区の信者だ。俺みたいな場末の貧乏な古道具屋に相応《ふさわ》しくない、金持ちの依頼者が現れた場合、詐欺師でなきゃ大抵はそっちの繋《つな》がりだ。詳しくは聞かなかったが、依頼者の婆さんは俺の店の場所さえ知らなかった。どうでもいいらしい。

「私もなかなか忙しいもので、ご予定が合えば〇〇日の午後三時以降にお願いしたいのですが……」

　住所を聞いた時点で家がデカいのはわかった。十年前に自分のマンションに母親を引き取って以来、家は空家で、できる限り片付けや整理をしてきたつもりだが、実際にはあまり時間が取れず、自分自身も年々老いて体力も気力も萎えていくし、正直ここ数年作業は進んでいない。むしろ荒れていくばかりで自分一人では追いつかない。やっと最近母親を入院させたので、本格的に家を片付けて売りに出すつもりだという。まあごく普通の内容だ。老々介護の難しさや苦労については俺の専門じゃない。俺の方から言及するようなことはなかった。少なくとも電話の感じでは、苦労人のわりに明るくて滑舌の良い話し方と声だった。陰気でヨボヨボの婆さんだったらこっちもうんざりしちまう。

印象的だったのは、それから数日後、約束の日の午後に時間より一時間早く「すみません！　本日約束していた……」とえらく動揺しながら電話をしてきて「あの、今母の家に着いたところなんですが、門のところの植木が変に切られているみたいで、勝手口の方もね、荒らされてるといいますか、ええ、誰かがなにかしていたみたいなんです！」と謎のSOSを送ってきたことだ。お互いまだ相手の顔も知らない。俺にどうしろってんだ？　まあヒマだし今から店を出て家に向かうから、外で待っててくれ。十五分で着く。俺はそう言って事前に教えられた住所へ向かった。

どこから庭でどこが母屋なのかもわからんほど草木が伸び放題で、とても毎年数回は風通しや片付けに来ていたとは思えないほど荒れ果てたデカい屋敷の前で、初めて彼女と顔を合わせた。小柄でずんぐりしているが、身なりもいいし七十半ばという年齢よりは若く見える。電話の通り明るい張りのある声で辛気臭い感じはしなかった。死臭とかもしない。まあ、好印象だ。

「あの、これです」

門扉の内側に植えられた椿《つばき》らしい木の枝を指さす。

「不自然に見えません？　前回来たときはこんなふうでは……」

そんなこと俺が知るわけない。枝の切り口がどうだとか、それがなんだっていうんだ？　俺じゃなくて警察に連絡しろよ。そう言ってやろうかと思ったが、勝手口の側に案内されて状況が理解できた。パッケージのままダース単位で山積みになっているペットボトルの水だとか、調味料やら缶詰めやらを放り込んである物置がぐちゃぐちゃに荒らされている。ついでに古いストーブや扇風機なんかも乱暴に転がっていた。

「泥棒とか、不良とか、そういう人が荒らしたんでしょうか？　どうすれば？」

当たり前のことだが、泥棒はガラクタやミネラルウォーターを荒らしたりしないし、こんなゴーストタウンみたいに過疎った元高級住宅地には不良少年どころか少年も少女もいない。どこからどう見てもイノシシだ。連中ならいくらでもいる。

「イノシシだろ。こんな山の上の空家なんだ。珍しくない」

婆さんを励まして勝手口から家の中に入った。猛烈にカビ臭い以外は特に問題はなさそうだ。婆さんもブレーカーを上げにあっちこっち動いてるうちに、家の中は特におかしな点がないことに気付いて安心したようだった。

「ひどく散らかっていてすみません。どこから手をつけたものか、なにしろ物が多すぎて……」

確かにその通りだ。たぶん最初に日用品を片付けようとして、そのまま永久に終わらなくなった。素人がやりがちなミスだ。必要な書類や現金、貴重品を順々に回収したら、次に〝捨てたくない〟ものを選《よ》って集める。日用品は最後だ。一番量が多いし嵩《かさ》もある。そいつを最初に引っ張り出してしまうと、家はあっという間にゴミ屋敷になる。まあこの家の場合は山の湿気がひどいことを除けば、特に不潔じゃないのが救いだ。一見すると諸々の生活用品やゴミ袋、布団やら段ボール箱やら古い家電がそこら中に散乱して足の踏み場もないが〝散らかってる〟だけだ。腐ってるわけでも虫が湧いてるわけでもない。さあ、婆さんの希望を聞こう。どうしたい？

依頼者の希望に沿って家を片付けるにはずいぶん手間と時間がかかる。敷地だけで三百坪近くあり、８ＬＤＫくらいありそうな十年放置の空家から買取れそうなものを探して引っ張り出すだけでも丸一日じゃ足りない。だが依頼者の希望は〝俺と一緒に作業する〟ことだった。用心深いともいえるが、当たり前でもある。依頼者の婆さんは自分でも家の中のどこになにがあるか正確に把握してるわけじゃない。俺に丸投げして家探しをさせて、なにかこっそり泥棒されたら困るだろう。だから婆さんの時間が取れる日に、俺が時間を合わせて二人で作業をすることにした。いよいよ買取れるものがなくなり、婆さんが必要なものを全部確保したら、片付け屋を呼ぶ。俺の見立てでは一ヶ月で終わるはずだ。このデカさの家なら、さすがになにか当たりの一つや二つ出てくるだろう……が、結局はなにも出てこなかった。箱入りの贈答品やまだ使えそうなオーディオ機器、ブランド食器、ようするにいつものクソだ。古いものも、面白いものも、特別高価なものも、なにもない。それでも家に呼ばれる度に毎回数万払って売れそうなものを買取り、ついでに俺が一人で、俺の車で運べそうなゴミを処分していった。クソみたいな仕事だったが、頼まれて「おう」と応えた以上、やるしかない。

五回目くらいの作業で、いよいよ終わりが見えてきた。可能性は二つだ。建物を残すか、潰すか。そいつは不動産屋を通して家の買い手が決めることだ。今の段階では判断できない。本格的に片付け屋を入れて家を空っぽにするのは何十万もかかる。買い手も見つかっていない、家を残すのか潰して建て直すのかもわからない状態でそんなことをするのは金と時間の無駄だ。仲介業者と買い手を探す中で決めていくしかない。婆さんにそのことを説明する。こっちでやらなくてもその分値引きして売れば、買い手の方が勝手にやる場合も多い。見積りや概算が欲しかったり、実際に作業が必要になればまた連絡しろ。少しはマシな業者を手配する。

それから二ヶ月。電話が鳴った。画面には「○○町六番坂の婆さん」と表示されている。一度でも仕事を受けた相手の番号は登録することにしてる。あの家の買い手が見つかったのか？

「もしもし」

「お久しぶりです！　その節は○○町の母の家でお世話になりました」

「ああ、憶えてるよ。　家、売れたのか？」

「いえ、それはまだです。　なにしろ不便なところですし、大きすぎますから、なかなか難しいと仲介業者の方からも」

それならなんの用だ？

「以前にもお話ししたと思いますが、母の好きだった、大事にしていたものは少しでも母のそばに置いておきたくて、十年前に私のマンションへ運んでおりまして……」

ああ、そういうことか。お試し期間の俺は合格だったってことだな。べつになにかしてやったわけじゃないが、泥棒はしなかった。最初からするつもりもない。

「母の入院先に置けるものはほとんどないんです。大伯父が陶芸家でしたから、その一番立派な香炉だけ。すごくきれいな赤色で、大伯父の作品の中でも母は一番気に入っておりましたから……」

元気で明るい婆さんだが、話が長すぎる。実は先週、どこそこのスーパーでお見かけしたんですよとか、芦屋《あしや》の〇〇さんは御存じですのね、仲がよろしいんですか？とか、どうでもいい世間話が終わらない。

「ようするに、マンションにある品を買取りにいったらいいのか？」

「はい。こちらも引き払うつもりです。もう私一人ですから、もっと小さなお部屋で充分ですもの……」

けっこうな話だ。信用は大切。その通り。だが俺はとてもじゃないがいい道具屋とは言えない。横柄で感じも悪いし態度も悪い。ろくに風呂にも入らないし髪も髭《ひげ》もボサボサだ。もちろんズボンやシャツも五年は買い替えてない。店は築六十年を超えたボロボロの文化住宅の隅にあるオバケ屋敷だ。

「具体的にはなにが？」

「大きな絵と、あとはお茶の小道具がいくつか、それほど数はございません。ただ絵が重くて重くて、マンションの壁でしょう？　結局一度も掛けて飾ることもなく……

……」

また話が長くなりそうだから希望の日時と車を停《と》める場所だけ聞いて電話を切った。

婆さんは相変わらず小綺麗《こぎれい》な格好でハキハキしていたが、案内された部屋は異様だった。壁一面に貼り紙がしてある。自分を励ますような言葉や、自己啓発的な標語なんかが、手書きで何十枚も貼ってある。やたらとポジティブな内容も気色悪いが、そんな部屋になんの躊躇《ためら》いもなく俺を案内して説明一つないのも不気味だった。孤独な在宅介護の裏側ってやつか？　俺はそんなもの知りたくない。幸い婆さんは貼り紙について一切説明も言及もしてこないから、俺も無視した。

「絵はそちらです。結局母のベッドの前に飾ることもなく、いったいなんのために運んできたのやら……」

二十号。児玉幸雄だ。画面は少し暗いが、悪くない。絵というのはもちろん作家の名前と描いた時期、そのモチーフと出来、大きさで値段の決まるものだが、絵である以上は見て「いい絵だ」と感じるものでないと意味がない。単に作家が食うために、小遣い稼ぎに、ちょちょいと描いたようなやつなら、どんな有名作家のものでもどうにもならん。俺は画商じゃないし絵画鑑賞の趣味もないが、こいつがいい絵なのはわかる。それでも買ったときの値段は忘れてもらうしかない。どうせ数十年前にクソほど高く買わされてる。今なら一五〇万がせいぜいだ。そこから売り方次第だがいくらかの手数料やらなんやらを引いたら百万で買ってもたいして儲からない。キャンバスの裏を確認しようと額を裏返す。ラミネートされた東美《とうび》の鑑定証書がセロテープで貼り付けてあった。それは構わない。最初からあった方が手間も省けるし売りやすいしな。問題は日付だ。新しすぎる。つい半年前だ。

「誰に見せたんだ?」

関西に住む素人の婆さんが一人で東美に鑑定を依頼するとは思えない。既に見せた相手がいる。俺以外の道具屋が裏にいる。危険信号ってわけじゃないが、一気にやる気が失せた。

「事情があるなら聞く。でも俺は他の道具屋が触ったものを買うのは嫌なんだ。まあ、こいつは俺だけの理屈だから、あんたが負い目を感じる必要はない」

相当不機嫌な態度だったんだろう。元気者の婆さんが恐縮して声のトーンがずいぶん下がってる。

「あの、実はそれについてもご相談がございまして……」


婆さんには毎月必ず集まってお茶をする友達が何人かいる。そのうち一人の親戚で姉の婿だとか妹の婿だとか、そんな関係だ。大阪の業者で絵が専門だという。一応市内に小綺麗な店もあるらしい。だが屋号や名前を聞いても全然誰だかわからなかった。まあ俺は元々同業者とほとんど付き合わないから知らなくて当然だが、とにかく友達との付き合いもあるし、鑑定を頼むだけならとそいつに頼んで東美に出した鑑定の費用が二十五万だった。アホらしい。実際には十万もかからない。だが金持ちの婆さんから手数料名目で十万二十万盗むのが悪いとは思わない。やり方はそれぞれだ。他の業者のやり方に口出しするつもりはない。絵もそいつに売ったらいい。たぶん悪党だが、だからといって俺が正義の味方ってわけでもない。目クソ鼻クソってやつだ。

婆さんがしょぼくれている。俺に不義理をしたと思ってるのか？　ヤクザじゃねえんだから義理もヘッタクレもない。俺のやり方や理屈に付き合う必要なんてないんだ。そいつの方が俺より高く買うかも知れないし、友達の紹介って手前もあるだろう。気にするな。なんなら相手がどんなやつか、調べてやってもいい。そう言ってその場で大阪と神戸のそこそこ大きな会で役員をやってる男に電話した。

「もしもし」

「まいど！　お世話になってます！」

「しょうもない用事で悪い。お前〇〇って大阪の業者知ってるか？　けっこうな年寄りだと思う」

「えー、あー、誰やろな。市内っスよね？」

「なんか店もあるみたいだぜ。日本画の軸とか洋画なんかが飾ってあって、茶が飲めるらしい」

「ハイハイ！　なんか小ざっぱりした格好のおっちゃんとちゃいます？　ネクタイなんかしてて、あんま道具屋に見えへん人やわ」

「そいつヤバそうなやつ？」

「いや、僕は全然付き合いないし、付き合いあるやつも知らんですわ。でもあれでしょ、大阪のTさんの会とHさんの市場、出禁になってんのとちゃうかな。せっこいイタズラしたかなんかで。けっこう前にHさんがめっちゃキレてましたわ」

「サンキュー。また電話するわ」

「なんか古いもん入ってます？　来月の頭に大会あるんですよ。僕青年会長やし、なんでもええから荷物欲しいんですわ」

「なんもねえよ。それに少しでもマシなもんがあったら頼まれなくても最初にお前に電話してる」

　電話を切る。まあまあ厄介な事態だ。余計な電話なんてしなきゃよかった。婆さんへの説明が面倒だ。小悪党のおっさんはどうでもいい。ヤクザじゃなけりゃなんとでもなる。だが状況から想像すると、おっさんは婆さんの試験に不合格だった。そこで他の人間から俺を紹介され、今度は用心深く俺を観察した。俺は合格。理由は知らないが、それもどうでもいい。婆さんは絵とまだ見ていない他の品を俺に売るつもりだ。

「他の品も全部見せたのか？」

「いえ、絵だけです。お友達の紹介でしたし無下にもできなくて。ただあまり感じのいい方ではなかったので……」

　俺より感じの悪いジジイがいるわけねえだろ！　どういう基準でテストは何点満点なんだよ！　少しキレそうになったが、婆さんに落ち度や悪気があるわけじゃない。まあいい。俺が三十秒で考えたプランを聞け。

「絵は児玉の二十号だ。あんたの母親がいくらで買ったか、美術年鑑の評価額がいくらかなんてのは関係ない。それは忘れてくれ。人気のある画家だし、モチーフも絵の出来もいい。東美の鑑定も済んでるし、たぶん一五〇万くらいだ。だがその値で買ったら俺は利益が出ない。いろんな手数料やら手間やら考えると俺は百万以下でなきゃ買いたくない。オイ！　待て！　怪しいジジイがいくらの値を付けたかは言わなくていい。どうせ俺は他の業者が付けた値段を考慮しない。だから、俺の提案はこうだ。

ジジイは小悪党だが、一応手を切った方がいい。紹介した友達とやらも信用するな。クソ野郎だ。だがわざわざ事を荒立ててあんたの人間関係をややこしくする必要はない。絵を俺に売れば角が立つ。俺にもジジイにも売るな。一般オークションってのがある。道具屋の市場や会とは違う、一般人が出品して、よく映画なんかであるだろ？会場にいる客が数字の書いてある札なんかを上げるやつだ。オーケー？」

婆さんの様子を見る。理解はしてるようだ。だがまだ婆さんの喋《しゃべ》る番じゃない。

「こいつのジャンルや価格帯を考えると、クリスティーズやサザビーズなんかの国際は無理だ。国内のオークション会社のやつでいい。東京のそれなら、カタログ代や撮影のあれこれなんかはあるが、俺が頼めば手数料は半分になるし、一般人が相手だから二百万まで目指せる。多少手間や時間はかかるが、急いでないならこいつが一番マシな方法だ」

少し話についてこれなくなってきてる。だが問題ない。俺のプランは完璧で婆さんにはなんの損もない。黙って俺の言う通りにすればいいだけだ。

「いいか、あんたの態度はこうだ。せっかく鑑定書も付けてもらったし、買取り業者に売るのではなく、一般オークションに出品してみることにした。生まれて初めての経験だし、結果が楽しみ！」

婆さんが俺の声色に少し笑ったが、まだ俺のターンは終わっていない。

「他の道具屋に売るから角が立つんだよ。一般人が自分の持ってる美術品を一般オークションに出品するのはごく普通のことだ。だからなにも問題ない。ジジイはもう鑑定の件であんたからいくらか泥棒してる。充分だ。気にしなくていい」

今度は婆さんの疑問に俺が答える番だ。さあ、質問をどうぞ。

「あの、ご提案はありがたいですし、急ぐようなことでもありませんが、実際の手続きや段取りなどはどうすれば？」

「東京から代理店のやつを呼ぶからあんたは書類を書くだけだ。カタログ代に二万かかる。落札の手数料は一七％くらいだったと思うが、俺が頼めば九％になるはずだ。少なくとも今まではそうだった。近現代美術の開催は確か二ヶ月後だ」

「その場合、私の方からそちらへはおいくらお支払いしたら……」

「俺の取り分はいらない。絵はあんたのもんだし、手数料はオークション会社と代理店の人間に支払うもんだ。連中はそれが仕事だからな」

「それですと」

「俺は善人じゃない。人助けの趣味もない。これから見せてもらう方の品を少し安く譲ってくれ」

これでそいつらがゴミだったらマジで最悪だ。その可能性はまあまあ高そうな気もするが、そんなこと今さら考えても仕方がない。結局は運の問題なんだ。俺の目が利くかどうかとか、知識や経験なんて、その家からなにが出てくるかとはまったく関係がない。儲かる品があるのか、ないのか、そいつは運だ。

リビングには介護用のベッドがまだ置いたままだった。そいつを迂回《うかい》して和室に案内された。こっちは不気味な貼り紙もないし、平凡な六畳間だ。日用品で少し散らかっている。婆さんが「これです」と押し出してきたのはブリキの衣装ケースだった。

勝算がないわけじゃない。婆さんは「お茶の小道具」と言った。茶の湯の道具なら「お茶道具」と言うだろう。べつに抹茶の道具が悪いわけじゃないが、稽古用の適当な作家ものはさておき、本格的な書付《かきつけ》ものの古陶でも抹茶の道具は売るのが難しい。金額も相当尖《とが》ったピンのピン、最上級のオバケみたいなやつでないとなかなか上がらないし、そのレベルになったらなったで需要が少なすぎて相手がいない。おまけにその品が〝イケてる〟かそうでないかを判断する権威というやつがある。こいつは一般の趣味茶人がイメージするような、鑑定とか三千家《さんせんけ》の当代の書付だとか、そんなのとは違う。武者《むしゃ》でも表でも裏でも、それぞれに精通した大物の道具屋がいる。その連中が〝通す〟かどうか。ようするに〝イケてる〟とか〝アリ〟だと認めるかどうか、ほとんどそこにかかっている。連中の食指が動かなければ、たとえ本物でも時代があっても立派な書付があっても、金額は上がらない。俺は買うのが専門で、売るのは人任せだ。大物を相手に品を〝通す〟業者と最低限の付き合いはあるし、出口がないわけじゃないが、とにかく利休の茶の湯、抹茶の道具は売るのも儲けるのも難しい。

だが婆さんの言う「お茶の小道具」が煎茶のものなら？　煎茶器は煎茶道だけで使

うものじゃない。家庭のテーブルでも使うし、器の大半は普段使いできる汎用性がある。なにより中国人が好む。需要は抹茶の百倍ある。権威はせいぜい江戸後期以降の人気作家がいる程度で、しかも中国人はあまり気にしない。作家や手によって人気不人気はあるが、権威で値は決まらない。とにかく需要が大きく売りやすく、値段も上がりやすい。そのぶん流行《はや》り廃りがあって人気や価格の変動は激しい。今どきの道具屋なら誰でも抹茶より煎茶の道具を好む。右から左にいくらでも売れる。人気と価格の変動さえ間違えなければ一番儲けやすい簡単な品だ。

そんなわけで勝算はある。デカい絵をめちゃくちゃ苦労して売って三十万儲けるより、ラクな可能性もある。こいつは博打《ばくち》なんだ。道具屋の冒険心はギャンブラーの勝負に対する妄執と似てる。いや、もっと激しく執拗《しつよう》だ。俺が見つけたもの。誰も知らない、俺だけのもの。他の業者の驚く顔が目に浮かぶ。市場や会での盛り上がり。その熱気。俺の品に誰もが注目する。発句《ほっく》から三分で数百万を超える。その場にいる誰も冷静ではいられない。秒単位で次々に声が上がる。熱、熱、熱だ！　異常な世界。悪党たちの宴《うたげ》。その興奮と名誉を求めて、羅生門《らしょうもん》のババアみたいに死体の身包《みぐる》みを剝ぐ。落武者狩りの山賊みたいに目を血走らせ、暗い栄光を求めてどこまでも走り続ける。それが俺だ。道具屋だ。

衣装ケースの前に座り、蓋を持ち上げた瞬間に思わず声が出そうになった。マーベラス！　ババア！　お前の母親はナニモンなんだ！

「母自身はシャンソンの歌手でしたし、西洋趣味であまりこういったものは使わなかったと思います。きっと祖母のものですね。それでもとても大事にしておりました」

どうやら実際に声が出ていたようだ。まあいい。落ち着いて一つずつ見てみると、特別珍しいという感じの品じゃなかった。関西の金持ち四天王というか、三銃士というか、そういう感じだ。だがこういう典型的な関西の金持ちが持つ、素性と行儀のいい品は普通俺のようなヘボには回ってこない。そりゃ中国の古物みたいに千万や億のバケモノとは違うが、俺程度の貧乏人には充分な品だ。箱はないが黒光りする竹雲斎《ちくうんさい》の提籃《ていらん》。清風《せいふう》の太白磁《たいはくじ》急須《きゅうす》一対。同じく清風の染付《そめつけ》の煎茶碗《せんちゃわん》。唐物の茶托《ちゃたく》。銕琅《てつろう》の茶《ちゃ》合《ごう》。真葛《まくず》の釉下彩《ゆうかさい》の茶碗はほとんどまっさらで、そんな上手《じょうて》を俺は初めて見た。一つだけ奇妙な箱があった。少し小ぶりな真宗の和讃箱みたいな造りと大きさで、古そうな真塗《しんぬり》だ。材の種類はわからない。蓋は軽かった。中には動物の頭骨が入っていた。俺の手のひらくらいの大きさだ。見なかったことにしてそのまま蓋を戻す。なんなんだ？　たぶん熊だと思うが、どういうことだ？　誰にも何にも繋がらない。明らかに異質だ。

「こいつがなにかわかるか？」

「わかりません。父は学者だったので、そういう関係のものかしら。飾ったりはしておりませんでしたよ」

頭骨について考えるのはやめよう。たぶんそんなに重要じゃない。他の道具に相応の値段を付けて、その他の情報を婆さんに話すのが先だ。できれば最低でも八十万は儲けたいが、この手の人気で素性のいいやつは、高く買って高く売るのがセオリーだ。変に下値を見て安く買う必要はない。高く買った方が予想より大きく儲けられる。それぞれの金額と、その合計を告げると婆さんは驚いたようだった。

「そんなにするものですか？」

「品の良し悪しより人気の問題だ。それに絵よりずっと売りやすい。そのラクさも金額に含まれてる」

商談は成立だ。オークション会社の代理店の男に電話して事情を説明した。婆さんの都合に合わせて、俺も同席する予定を作った。

「あの骨は二万でいいか？」

「よくわかりませんけど、あれだけ残しても仕方ありませんしね……」

先に車に戻って金を用意した。俺みたいな貧乏人にはかなり堪《こた》える金額だ。値段が見えてる品だからいいものの、そうじゃなけりゃ絶対にこんな金額は払えない。マンションに戻って婆さんに金を渡す。振込みかなにかだと思っていたようで、また驚いていた。

婆さんは車まで見送りに来た。荷物を衣装ケースごと後部座席に突っ込む。

「来週また来るよ。書類を書いて絵を渡すだけだ。あとはなにもしなくていい。オークションが終われば落札金額から手数料とカタログ代を引いた金額が振込まれる。きっと道具屋に売るより高く売れる。あれはいい絵だ。二百万も目指せるはずだ」

「なんだか、あの、不思議ですね。あっという間に全部片付いてしまって、なんとお礼を言ったら……」

「そいつはこっちのセリフだ。俺みたいなカスを選んで仕事を頼んでくれた。儲かりそうな上等な品も譲ってくれた。感謝してるよ。なにかあれば電話してくれ。ありがとう」

車を出す。店まで二十分もかからないだろう。ハンズフリーであの男に今日二度目の電話をかける。

「まいどです！　なんか出ました？」

「お前の好きな煎茶のクチだ」

「マジすか？　明日店にいます？」

「ああ、たぶん」

「寄らせてもらいますわ。誰やろ？」

「お馴染みのやつだ。竹雲斎やら清風やらな。真葛のはまあまあイケてると思うぜ。あんな上等なのは初めて見た」

「楽しみっスわ。勉強させてもらいます」

「俺にしてはめちゃめちゃ高く買ってる。お前が目一杯で買ってくれないとヤバそうだ」

「オッケーです！　そいじゃ明日！」

俺は買うのが専門で、売るのはいつも人任せだ。だが俺の買った荷物をさらに高く買う連中を少しは知っている。だから俺の仕事は買った時点でほとんど終わりだ。

どうやら十字架の赤いネオンは一晩中光っているらしい。二十四時間営業か？　敷地内に人の気配はない。老人はみんな眠っているか、ベッドに縛りつけられているか、死んでいる。車の周りは真っ暗で、エンジンを切ると自分の手元さえ見えなかった。ルームランプを点《つ》け、助手席にあった黒い箱の蓋を持ち上げる。骨は標本には見えない。飴《あめ》色の光沢があって、長い時間磨かれてきたような感じだ。上顎と下顎が錫《すず》で継がれていて、牙は半分くらい失われている。デカい俺の手のひらから少しはみ出すくらいの大きさだ。熊の頭骨だろう。北海道からはるばるやってきたとは思えないから、ツキノワグマに違いない。何に使うんだろうな？　いつ頃のものだろう。なぜこんなものを残しておいたんだ？　だが手に持つと収まりがいいし、吸い付くような手触りもいい。なんなのかよくわからないが、なかなか気分のいい骨だ。同じように感じたやつが他にもいたのかも知れない。ひとしきり撫《な》でまわしてから箱に戻して蓋を閉めた。ルームランプを消してエンジンをかける。俺はこの仕事が好きだ。きっといつか破滅するだろう。なにか大きな間違いを犯すか、金が回らなくなって枯れ果てるか。一年間一度も電話は鳴らないかも知れないし、明日の朝一番に鳴るかも知れない。前触れはない。唐突で不条理な俺自身の世界を俺は気に入っている。

初出

本書は素粒社note（https://note.com/soryusha/）に連載の
「金は払う、冒険は愉快だ」に書き下ろしを加えたものです。

川井俊夫　かわいとしお

一九七六年横浜生まれ。中卒、水商売、ヒモ、放浪、アルコール依存症、ホームレス、会社員、結婚を経て、現在は関西某所で古道具店を経営。一九九〇年代後半より二〇〇〇年代にかけて「川井俊夫」の筆名で「スキス」などのテキストサイトを運営。電子書籍に、テキストサイトの文章をまとめた『羽虫』（二〇一四年、elegirl publishing）がある。

金《かね》は払《はら》う、冒険《ぼうけん》は愉快《ゆかい》だ

2023年9月13日　第1刷発行

著者　川井俊夫《かわいとしお》

発行者　北野太一

発行所　素粒社
〒184-0002
東京都小金井市梶野町1-2-36　KO-TO R-04
電話：0422-77-4020　FAX：042-633-0979
https://soryusha.co.jp/
info@soryusha.co.jp
装丁　川名潤

印刷・製本　創栄図書印刷株式会社

ISBN978-4-910413-11-2　C0093
Printed in Japan